信封里的民国系列

陈靖文◎著

入骨相思知不知

石油工业出版社

图书在版编目（CIP）数据

入骨相思知不知 / 陈靖文著. —北京：石油工业出版社，2018.3
ISBN 978-7-5183-2208-4

Ⅰ.①入… Ⅱ.①陈… Ⅲ.①书信集-世界… Ⅳ.①I16

中国版本图书馆CIP数据核字（2017）第261434号

入骨相思知不知
陈靖文　著

出版发行：石油工业出版社
　　　　　（北京安定门外安华里2区1号　100011）
网　　　址：www.petropub.com
编 辑 部：(010) 64523607　图书营销中心：(010) 64523633
经　　销：全国新华书店
印　　刷：北京晨旭印刷厂

2018年3月第1版　2018年3月第1次印刷
880×1230毫米　开本：1/32　印张：7.5
字数：135千字

定　价：38.00元
（如发现印装质量问题，我社图书营销中心负责调换）
版权所有，翻印必究

前言
PREFACE

在民国之前，从来没有这么璀璨的爱情故事，它们就像是突然腾空的烟花，在那个动荡乱离的黑暗年代，兀自绽放。最绚丽的色彩、最浪漫的情书、最震撼人心的告白，全都因爱而生，丰富了一个时代。

在我们的古典文化里，从来都不缺歌颂爱情的诗词歌赋，墨客骚人极尽辞藻之奢华、技巧之绚烂，将爱情奉上神坛。在这书卷里，爱情是"两情若是长久时，又岂在朝朝暮暮"的豪情许诺；是"天涯地角有穷时，只有相思无尽处"的刻骨相思；是"曾经沧海难为水，除却巫山不是云"的非你不可。可是不知为何，总觉得缺少了些什么。

直到历史的长河一直流淌到民国，直到那些真实的爱情发出了自己的声音，才知道在此之前的爱情诗词都缺了一份真实感。再华美也不过诗人的一面之词，他的爱从来都没有得到过回应，所谓琴瑟相和才是爱情的至境，单独一个人的歌咏始终难成曲调。无论是邂逅恋爱还是相思离愁，都应该有两个人的身影、两个人的声音，这样才是完整的。

像《红楼梦》中那群生活在大观园里的才情斐然的女子，在几千年的中国社会里自然是不缺的，可是她们却永远被禁锢在闺阁深宅中，被当作一件精美的摆件任人处置。纵是满腹诗书又如何，连做人的权利都被剥夺了，又哪里会有什么爱情？偶尔有那么几个冒出头来的才女，也不过是"闻君有两意，故来相决绝"的卓文君而已。爱情若不能建立在平等的基础上，也终究只能是一场盛大的辜负。

只有这些女子都坚强、独立地走到了世人眼前，才能成就真正浪漫的爱情。

民国多才女，也不乏才子。文人的爱情较之其他人的爱情，总是骨子里就带着浪漫缠绵的色彩。他们本来就是爱与美好的坚定信仰者，如今自己切身陷入爱情里面，更是有说不完的情话要像火山一样爆发出来了。从最初邂逅的爱的悸动，到必须表达出来的心意，到陷入爱情之后两人火热的关切，甚至于分离之后无尽的愁楚全都倾吐在纸笔里，全都成了震撼灵魂的文字。

战火纷飞的年代，家书是比黄金还要珍贵的存在。

他们在书信里交换彼此的生活，倾诉自己无处安放的相思，他们的情书因此成了热烈的火焰，成了爱情的见证。

前言 PREFACE

  沈从文一句"我行过许多地方的桥，看过许多次数的云，喝过许多种类的酒，却只爱过一个正当最好年龄的人"被奉为情话的经典之作，在湘行书简里，他把所看到的风景配上画，慢慢写给心上人听，这书信丝毫不比他匠心打造的散文差，甚至更精彩。徐志摩把陆小曼捧在掌心，他连声轻唤"我的眉，我的爱，我的宝"，语气之温柔缠绵简直就要让人醉了，一本《爱眉札记》就是一个诗人甜蜜的心。文笔的尖锐胜过刀剑的鲁迅先生，居然也会在爱人的面前变作痴情的小白象。即便是年近古稀，梁实秋也勇敢地追逐着自己的爱情……

  这些活在故事里的人物，在他们写给爱人的信里全都回归了痴情儿女的本来模样。他们的爱人是同样有才情的女子，黑牡丹一样俏皮活泼的张兆和、精彩纷呈的舞者陆小曼、以昆曲动人的陈竹隐，全都是鲜活的女子。她们不仅是爱情的被追求者，有时候更是爱情的主导者，比如为爱痴狂的白薇、千里奔赴爱情的张爱玲，她们从来都是自己生命的主角，绝不会因为站在大师身边就失去了自己的颜色。

  他们往往都有着共同的兴趣爱好和理想追求，不仅是生活上的伴侣，更是精神世界的知音。正因如此，这爱情才分外动人。

  当然，每一场爱情都有着自己独特的魅力，虽然照例是相遇相知、相守或者相分离的规程，却从来没有人的爱情会和别人

入骨相思知不知

雷同。这些爱情故事千姿百态,各有各的精彩。愿它们能在快节奏的今天,成为你更热爱生活、更相信爱情的一个缘由,愿世上的痴情儿女,都能在此学得一点勇敢、一点洒脱、一点痴心的奔赴。

目录
CONTENTS

第一章 用尽我所有的诗意文墨,将你的模样慢慢临摹 / 1

徐志摩致陆小曼:我的眉,我的爱,我的宝 / 3

萧红致萧军:这不就是我的黄金时代吗 / 18

胡兰成致张爱玲:你好吗?我很想你 / 33

梁实秋写给韩菁清:昨天睡的时间不久,但是很甜 / 47

第二章 跨越万水千山,只为向你靠近 / 61

钱锺书致杨绛:最贤的妻,最才的女 / 63

朱生豪致宋清如:醒来觉得甚是爱你 / 81

沈从文与张兆和:我要傍近你,方不至于难过 / 96

瞿秋白致杨之华:梦中的你是如此之亲热 / 111

第三章 一缕绕指柔,一生相思爱　　/ 127

鲁迅与许广平:你可以爱,你胜利了　　/ 129

丁玲致胡也频:有你爱我,我真幸福　　/ 144

朱自清致陈竹隐:谢谢你给我力量　　/ 158

第四章 是诗是画是爱情,是梦是幻是疯魔　　/ 173

白薇致杨骚:无论如何请来吧,我在等你　　/ 175

朱湘致刘霓君:我给了你诗意的世界,却失去了安稳的幸福　/ 191

高君宇与石评梅:我何以有这样弥久的愿望　　/ 205

郁达夫致王映霞:这一次是我生命的冒险　　/ 220

第一章

用尽我所有的诗意文墨，
将你的模样慢慢临摹

徐志摩致陆小曼：
我的眉，我的爱，我的宝

他的结婚和离婚都叫世人大跌眼镜。

1926年10月3日，享有盛名的江南才子徐志摩，终于娶到了自己心爱的那朵云彩，当小曼在阳光下与他并肩而立，想来诗人的心中定是激越着无数喜悦的浪花，他的眉，他的爱，他的宝，从今往后将正大光明地站在自己身边，被尊称一声"徐太太"。想来，此刻的小曼也是沉醉在爱情的甜蜜之中难以自拔的，毕竟这是她自己选择的伴侣，是她自己通过斗争得来的爱情。

只是不知，这二人心中无与伦比的爱情，是否足以支撑他们面对亲朋的否定、面对世俗的议论。

也不知，这如烟花一般绚烂的爱情，会不会像焰火一样短暂。

当是时，徐家父母对这两人的恋情很不满意，虽然最终拗不过爱子的坚持，却也是对这场婚礼的举办提出了颇为苛刻的要求：婚礼费用自筹；必须梁启超证婚；婚后必须南下，与徐家父

入骨相思知不知

母同居硖石。其中最为难办的正是第二点,由梁启超证婚。婚礼的仪式尚可以因为经费不足而加以省俭,学界领军人物、民国大儒梁启超先生的支持却不易得。

1917年,二十一岁的徐志摩在北京大学求学期间对文学兴趣浓厚,广泛涉猎中外文学的同时广交朋友、识遍名流,更是在这期间由发妻张幼仪的兄长张君劢、张公权引荐,得以拜梁启超为师。自古名师出高徒,梁启超对徐志摩在文学上的影响不可谓不深远,然而师徒二人的思想却是截然不同,一个是久久被传统文化浸润的东方学者,一个却是全身心追求理想世界的新式青年,徐志摩视离婚为以"自由"换取"自由",视陆小曼为他最纯粹的爱情,然而这一切在他老师梁启超看来,却是绝对无法理解、难以接受的。

虽然在胡适等人的劝说下,梁启超不得不答应证婚一事,却最终还是拗不过自己心中真实的感受,在北海公园徐陆二人的婚礼上,发表了一番特殊并且严苛、坦率并且批判的证婚词:

> 我来是为了讲几句不中听的话,好让社会上知道这样的恶例不足取法,更不值得鼓励——徐志摩,你这个人性情浮躁,以至于学无所成,做学问不成,做人更是失败,你离婚再娶就是用情不专的证明。

> 陆小曼，你和徐志摩都是过来人，我希望从今以后你能够遵妇道，检讨自己的个性和行为，离婚再婚都是你们性格的过失所造成的，希望你们不要一错再错自误误人。不要以自私自利作为行事的准则，不要以荒唐和享乐作为人生追求的目的，不要再把婚姻当作是儿戏，以为高兴可以结婚，不高兴可以离婚，让父母汗颜，让朋友不齿，让社会看笑话……
>
> 总之，我希望这是你们两个人这一辈子最后一次结婚！这就是我对你们的祝贺！——我说完了！

这一番言辞让在场的新人和宾客大惊失色，谁都没有想到在最美好浪漫的婚礼上会听到这样赤裸裸的批评。且不去计较梁先生的每一点指责是否言之有据，也不论以现在的婚恋标准观之徐陆二人的爱情究竟能不能被接受，毋庸置疑的是，梁启超这一番话代表了当时绝大多数人的看法。

他们本就各自有婚姻家庭，为了这所谓的爱情放弃责任、背离世人所谓的道德，自然很难得到祝福。在封建包办婚姻的窠臼下生活久了，鲜有人知道真正的爱情是什么，更不会理解他们如痴如狂的沉醉究竟是为何，在自由婚恋这条路上，他们先进于时代，特例于社会，自然也就为世俗所不能容忍。

包裹住梁祝的茧实在是太厚了，若不是惊天动地的撕裂，又怎会有光透进去，有蝴蝶飞出来。

在相遇之前他们最大的共同点就是包办婚姻。

徐志摩于1897年出生在浙江海宁硖石，徐家世代经商，其父徐申如乃是远近闻名的硖石首富。作为徐家的长孙独子，他自幼享有良好的生活条件，接受良好的传统教育，十四岁时离家到杭州求学，进入浙江一中，对文学产生了浓厚的兴趣。正是在求学期间，张幼仪的兄长张嘉璈偶然到学校参观，见到了徐志摩文采横溢的国文考卷，对这个年轻人的才华颇为赏识，遂生出以妹相许的念头来。

张家本就是江苏一代有名的大家族，世代儒、医、商并相传承，无论财权还是声望都比所谓的硖石首富要大得多，徐家自然十分乐意结下这门姻亲。于是在两家家长的一手操办之下，徐志摩迎娶了张幼仪，这是1915年，徐志摩十九岁，张幼仪年近十六，二人虽举办了新式婚礼，实质上却是不折不扣地开始了一段"父母之命媒妁之言"的旧式婚姻。

婚后，性格温婉良善的张幼仪很快取得了徐家长辈的喜爱，然而她却始终没能进入徐志摩的世界，甚至可以说，徐志摩将自己一分为二，所有的冷漠残酷都朝向了张幼仪，而面朝林徽因、陆小曼乃至任何一个朋友的温柔缱绻，都不曾在这段婚姻中流露

第一章 用尽我所有的诗意文墨,将你的模样慢慢临摹

分毫。

婚后不久,他便开始了自己一心向学的游历,从北上北大到留洋英美,这段本就短暂的婚姻更是聚少离多。徐志摩在全心追求自己的人生梦想,他的人生充满了文学与诗歌、雪莱与拜伦、康桥与柔波,他在艺术的殿堂里越走越高,也就从这个小家庭里越走越远。张幼仪虽然也在进修和学习,却始终缓慢地行进在追随徐志摩的后路上,她仰望着自己的丈夫,在柴米油盐、黄毛稚子的一地鸡毛里艰难地仰望着自己的丈夫,偏偏那人,不仅不肯加以援助扶持,更是把她视为自己的负累、自己的仇敌。

1921年徐志摩在英国认识了林徽因,这个4月芳菲一样美好的女子,轻易地搅动着他心里的春水。在没有遇到爱情之前,徐志摩或许还可以勉强自己接受张幼仪,劝说自己在婚姻里混沌度日,可是当他遇见爱情,他才知道这样将就的日子无异于画地为牢,日益觉得连分秒都难以忍受下去。

他无法容忍自己用已婚的身份去追求他的女神,遂只能用最残酷无情的方式逼迫张幼仪与自己离婚。而当时,张幼仪刚刚从国内来到沙士顿,刚刚怀有他的第二个孩子,徐志摩冷漠地要她打掉孩子,那年月,打胎是十分危险的,张幼仪说:"可是我听说有人因为打胎死掉的!"徐志摩冷冰冰地说:"还有人因为坐火车死掉的呢,难道你看到人家不坐火车了吗?"言语里的残忍

自私不言而喻。

在生下幼子彼得之后,张幼仪终究与徐志摩在柏林签字离婚。

这也是中国近代史上依据《民法》的第一桩西式文明离婚案。

不知当时徐志摩心中可曾有过对妻儿的愧疚、对他们日后的生活可曾有过丝毫担忧;或者说,他是否早就被突如其来的爱情冲昏了头脑,失去了理智,连一丝恻隐之心都一并抛弃了。

他在离婚通告里慷慨陈词:"我将于茫茫人海中访我唯一灵魂之伴侣,得之,我幸;不得,我命,如此而已。""我尝奋我灵魂之精髓,以凝成一理想之明珠,涵之以热满之心血,朗照我深奥之灵府,而庸俗忌之嫉之,辄欲麻木其灵魂,捣碎其理想,杀灭其希望,污毁其纯洁!我之不流入堕落,流入庸懦,流入卑污,其几亦微矣!"好似张幼仪就是黑暗,就是封建,就是牢笼。

可以确定的是,当时张幼仪带着幼子独自在异国他乡,看着为一纸离婚书雀跃离去的前夫,心中定是黄昏一般无限苍茫。所谓的第一桩文明离婚案,于她而言,并不是什么值得纪念标榜的历史事件,而是永远不会愈合的精神创口……

北方有佳人,遗世而独立。

第一章　用尽我所有的诗意文墨,将你的模样慢慢临摹

一句"南唐北陆"就足以让人想象陆小曼的绝代芳华。

陆小曼的出身颇为富贵,父亲陆定是晚清举人,曾一度担任贝子贝勒的教育工作,后有机会到日本留学,在日本早稻田大学师承日本名相伊藤博文,他在留学期间,参加了同盟会。在国民党南京政府成立后,经推荐入度支部(后为财政部)供职,历任司长、参事、赋税司长等二十余年,更是中华储蓄银行的主要创办人。母亲吴曼华也是古文功底深厚,画得一手好画,而小曼正是夫妻二人的独女,从小就是捧在掌心的璀璨明珠。

在这样一个古典文化与外来文化相融合、物质财富与精神财富俱佳的氛围下长大,陆小曼不仅是琴棋书画俱佳,更是对新文化和西洋文化都有所涉猎。1920年,她被北洋政府外交总长顾维钧聘用兼任外交翻译,逐渐名闻北京社交界,她才貌俱佳、家资丰裕、性情纯真、善于交际,最终成为一代名媛。

1922年离开学校的陆小曼直接在父母的安排下嫁给王庚,直接由少不更事的女孩子过渡为养尊处优的少奶奶。王庚明显是武装报国的一类人,他曾留学西点军校,回国后任职于北洋陆军部,并以中国代表团武官身份参加巴黎和会,陆定正是看重这个少年的潜力,认为他前程远大,能保小曼一生无虞。

但是陆定并不懂自己的女儿,情窦未开之时,陆小曼并不懂爱情为何物,自然也不会对父母的安排有何异议,毕竟从古至

入骨相思知不知

今,她身边每一个人的婚姻都是在父母之命媒妁之言的程序下敲定的。当她成婚之后,逐渐发觉自己和丈夫王庚是完全不同的两类人,她爱好奢华交际、他却将全部的时间精力花在工作上,他们有矛盾、有疏离,却也只会是凑合着过下去。如果,没有一个叫徐志摩的人出现……

徐志摩本是王庚的朋友,徐陆二人相恋更是发生在陆小曼尚未离婚之时,所以这一段感情才格外容易受人诟病。然而无论如何,这段爱情对他们二人而言,却是不可多得的甜蜜与浪漫。

徐志摩曾在英国邂逅林徽因,那是他第一次知道爱情的心跳应该有多么热烈,林徽因对于陷在无爱的泥沼中的徐志摩而言,就像是柳梢头的新月、像是山巅的游云、像是画卷里的春日,美好,美好到近乎梦幻。林徽因首先看懂了这种疯狂和痴情背后的不理智不实际,她及时抽身而出,在最玄妙的距离里保持住了这份感情的纯真美好。

多年以后,林徽因也曾对自己的儿女说:"徐志摩当初爱的并不是真正的我,而是他用诗人的浪漫情绪想象出来的林徽因,而事实上我并不是那样的人。"

但是陆小曼却不一样,对徐志摩来说,小曼是够得着的真实的爱情,不是幻梦,不是虚无。所以他才会陷入那样疯狂的痴恋,他呼唤她,他说小曼是他的眉,他的爱,他的宝,他想要完

第一章　用尽我所有的诗意文墨，将你的模样慢慢临摹

完整整得到这份爱情。

他的《爱眉札记》简直就是情话宝典，天知道一个人怎么可以写出如此情意绵绵的语句来，天知道这些寻常的字眼为何在诗人手中就成了有魔力的漩涡，将一切心有情丝的人全都卷进去，叫人沉醉、叫人迷离。

日记一开头就说："'幸福还不是不可能的'，这是我最近的发现。"然后就像呓语一样抒发着自己狂热的爱，像疯魔一样争取着自己纯粹的爱。

他说："我唯一的爱龙，你真得救我了！我这几天的日子也不知怎样过的，一半是痴子，一半是疯子，整天昏昏的，惘惘的，只想着我爱你，你知道吗？"一半痴，一半疯，诗人将爱最热烈的表现形式形容得淋漓尽致，爱情本来就是会上瘾的，何况是在求而不得的情况下。

他说："我没有别的方法，我就有爱；没有别的天才，就是爱；没有别的能耐，只是爱；没有别的动力，只是爱。我是极空洞的一个穷人，我也是一个极充实的富人——我有的只是爱。"从他的诗歌《偶然》《再别康桥》里就可以看出这位诗人的理想主义，他是纯粹的追梦的孩子，为爱而生，为爱而存，所以他的爱情才会有火山喷发一样的魔力，竟让人不忍置喙那些小小的私心和错误。

入骨相思知不知

他说:"我较深的思想一定得写成诗才能感动你,眉,有时我想就只你一个人真的懂我的诗,爱我的诗,真的我有时恨不得拿自己血管里的血写一首诗给你,叫你知道我爱你是怎样的深。眉,我的诗魂的滋养全得靠你。"他生活中一切都因这爱情的到来发生了质的变化,从前,诗歌是他的爱人,如今,爱人是他的诗歌。

试问又有哪一个女孩子不爱浪漫,又有谁能抵挡住这比潮水汹涌、比烈火热情的爱的告白?诗人的浪漫是致命的毒药,他的歌唱总是会一句一句侵入人心扉,你无法拒绝,你只能接受,你甚至羞愧自己无法给予同样热忱激情的回应。

所以,对陆小曼而言,浪漫多情的徐志摩就像是一道闪电,劈开了她混沌不明的世界,第一次让她知道原来两个人相处应该有说不完的话看不完的风景,第一次让她明了原来有一个人在心上为他喜、为他悲是如此奇妙的感觉,第一次让她体会到有那么多缠绵的情诗那么多温柔的眼波独独为她存在……她心神荡漾、她忘乎所以,她把自己的全部都系在了这份恋情上。她即已经知道了温柔、多情、浪漫的美好,又怎么可能心甘情愿回到一个淡漠、木讷、沉默的王庚的身边去?

她在日记中写道:

第一章 用尽我所有的诗意文墨，将你的模样慢慢临摹

"本来人在幼年时灌进脑子里的知识与教育是永不会迁移的，何况是这种封建思想与礼教观念更不容易使他忘记。所以从前多少女子，为了怕人骂，怕人背后批评，甘愿自己牺牲自己的快乐与身体，怨死闺中，要不然就是终身得了不死不活的病，呻吟到死。这一类的可怜女子，我敢说十个里面有九个是自己明知故犯的，她们可怜，至死还不明白是什么害了她们。摩！我今天很运气能够遇着你，在我不认识你以前，我的思想，我的观念，也同她们一样，我也是一样的没有勇气，一样的预备就此糊里糊涂的一天天往下过，不问什么快乐什么痛苦，就此埋没了本性过它一辈子完事的；自从见着你，我才像乌云里见了青天，我才知道自埋自身是不应该的，做人为什么不轰轰烈烈的做一番呢？我愿意从此跟你往高处飞，往明处走，永远再不自暴自弃了。"

将一个陷在包办婚姻中的女子的痛苦与困窘、一个初尝爱情的甜蜜的女子的勇敢与忧愁表露无遗。似乎能够帮助人理解她何以疯狂地爱上了徐志摩、何以顶住各方压力坚持离婚，争取自己的婚恋自由。

入骨相思知不知

1925年底,在与徐志摩热恋数月后,陆小曼终于与丈夫王庚协议离婚。

次年8月,于七夕佳节订婚,众多好友见证,10月3日,在北海公元举行婚礼,于是就有了文章开头所描写的不被祝福的证婚词。

这段轰轰烈烈的爱情义无反顾地走入了婚姻的殿堂,两个经历过失败的包办婚姻的人,纯粹因为爱情而自由结合,本应该是人人艳羡的美满和幸福。

谁曾想,他们的婚姻却是爱情的坟墓。

新婚之初,在徐家父母的要求下,陆小曼随徐志摩南下,来到他的故乡硖石。这一段的旅程,在江南烟雨的熏染下格外具有诗情画意,满满都是琴瑟相和的幸福。

徐志摩在《眉轩琐语》中记载刚到硖石的情况,时值清明:"十时与曼坐小船下乡去沈家浜扫墓,采桃枝,摘熏花菜,与乡下姑子拉杂谈话。阳光满地,和风满裾,至足乐也。"他在《眉轩琐语》的开端即表明自己往后所写文字,俱是欢乐的产物,从此自己的生活便没有忧愁只有喜乐,这一乡间剪影,正契合他的理想。

这一段时光,他们在最浪漫的西湖边上"去三潭印月,走九曲桥,吃藕粉",他们"先吊雷峰遗迹,冒雨跻其颠而赏景焉,

第一章 用尽我所有的诗意文墨,将你的模样慢慢临摹

继至白云庵拜月老求签",江南的青山秀水尽在杭城西湖,尽在他们二人的生活之中,所共同游历的每一处景物都将成为两人共同的记忆,留待将来老去之后慢慢回忆。

就连家常也透出诗意和柔情来,案上插画,他便说"最宜人是月移花影上窗纱",说瓶里的桃花是"朵朵媚笑在美人的腮边挂"。想来,同样受到古典文化熏陶的陆小曼很能懂得这一抹闲情吧,爱好丹青的她说不定还能将美好的场景浓缩在画里,然后配上志摩的小诗,琴瑟和鸣、岁月静好,大抵就是这般模样。

只可惜,美好总是短暂。

早在恋爱之初,徐志摩就曾委婉地指出陆小曼爱奢华享乐的生活习惯不好,他说:"我爱你朴素,不爱你奢华。你穿上一件蓝布袍,你的眉目间就有一种特异的光彩,我看了心里就觉着不可名状的欢喜。朴素是真的高贵……你这孩子其实是太娇养惯了!"

"我不愿意你过分'爱物',不愿意你随便花钱,无形中养成'想什么非要到什么不可'的习惯;我将来决不会怎样赚钱的,即使有机会我也不来,因为我认定奢侈的生活不是高尚的生活。"

他将陆小曼看得透彻,深知她的好与不好在何处,他爱着这样一个灵性也有瑕疵的孩子。他曾硬气地说自己觉得奢侈的生活

入骨相思知不知

不是高尚的,他屡次透露自己希望和心爱的人归隐山林、闲居乡野,希望把生活过成清雅的小诗。可是谁都知道,一代名媛陆小曼是穿金戴银惯了的,她喜欢的是住别墅开洋车,她习惯的是辉煌的舞场和宴会……他们就像是截然不同的两极,互相不能理解对方的生活追求。

然而在爱情面前,徐志摩再也不是逼着张幼仪离婚时的激昂冷漠面孔,他无限地宠溺着他的眉,他的宝,他愿意倾尽一切去博得佳人一笑。

在徐父断了对二人的经济支援以后,为了满足妻子的奢华生活需求,徐志摩不得不身兼数职,在光华大学、东吴大学、大夏大学等多所高校任教。陆小曼迷恋上海的纸醉金迷,不肯随之北上,徐志摩虽有抱怨,却终究只能一次次往返京沪两地,所选用的交通工具正是当时并不安全的飞机。

于是,灾难从天而降。

1931年11月19日,徐志摩搭乘中国航空公司"济南号"邮政飞机由南京北上,遭遇大雾天气,飞机在寻找航线的过程中撞上山体,当即机毁人亡。这一年,新月诗人徐志摩年近三十四岁。

对陆小曼而言,天崩地裂不过如此,她在《哭摩》里声嘶力竭地呼唤,让人不忍闻,不忍看:"我深信世界上怕没有可以描写得出我现在心中如何悲痛的一支笔。不要说我自己这支轻易也不能动的一支。可是除此我更无可以泄我满怀伤怨的心的机会了，我希望摩的灵魂也来帮我一帮。苍天给我这一霹雳直打得我满身麻木得连哭都哭不出，浑身只是一阵阵的麻木。几日的昏沉直到今天才醒过来知道你是真的与我永别了。摩！慢说是你，就怕是苍天也不能知道我现在心中是如何的疼痛，如何的悲伤！"

她就是一个被宠坏的小孩子，仗着徐志摩的宠爱才能肆意妄为，但是谁也不能否认她所投入的同样分量的感情。悲喜交加，本就是爱情的常态，她本以为还有一生的时间可以慢慢爱、慢慢改，谁也没有想到，意外和死亡来得这样快。

徐志摩去世以后，小曼为了整理其遗稿，耗费尽一生的心血，想来，悲伤和思念也持续了一辈子吧。

胡适在《追悼志摩》里有一句经典的评语："他的一生真是爱的象征。爱是他的宗教，他的上帝。"这句话用在陆小曼身上，同样适宜。他们俩本就是为爱而生的同一类人，为爱飞蛾扑火，粉身碎骨绝不后悔。

萧红致萧军：
这不就是我的黄金时代吗

她的一生就像是一场荒凉的放逐，从故乡出逃、从家国游离、从一个爱的故事窜入另一个爱的故事。

在呼兰河畔的旧式家族里，萧红从诞生那一日起就不为家中长辈所喜，当家的祖母盼一个孙儿盼得恳切，偏偏得到了一个出生在端午的女娃娃，在当地的风俗里，出生在这一日的孩子甚是不吉利，所以她从小便被剥夺了过生日的权力。祖母不喜她，用针尖对准一个天真顽皮的幼童；父亲一直都是一个贪婪粗暴的品性，再加上生母过早离世、继母的恶言恶语，她的生活环境就像是张家老宅一样，荒凉而凄冷，处处都透出腐败阴凉的意味。

人在幼年时所遭遇的种种，往往会影响到他一生的轨迹，那些无处不在的冷漠和不公渗透进萧红的童年，以至于她从骨子里就想要逃离这一切、反抗这一切。

只有一个祖父，是小女孩的唯一寄托。

那个生性淡泊无欲的老人，在自己荒凉的暮年里终于等到

第一章 用尽我所有的诗意文墨，将你的模样慢慢临摹

了一个小小的玩伴，他固执地喜欢这个爽朗无邪的小生命。家中的后院成了这一老一小两个顽童的桃花源，这里有一两棵不结果的樱桃和李子，有祖父种下的菜蔬和花草，更有着自然中最灵动美好的生灵。《呼兰河传》成就了萧红作家的声名，"它是一篇叙事诗，一幅多彩的风土画，一串凄婉的歌谣"，而这凄婉的基调里面，最温暖动人的就是祖父和小孙女之间满是爱意的相处与陪伴。

在萧红的记忆里，祖父的眼睛是笑盈盈的，祖父的笑，常常笑得和孩子似的，孩子本就是世间最单纯的所在，她能够直觉地感受到谁是真心给予她爱和微笑，她童年的绝大多数时光都和祖父待在后花园里："祖父一天都在后园里边，我也跟着祖父在后园里边。祖父戴一个大草帽，我戴一个小草帽，祖父栽花，我就栽花；祖父拔草，我就拔草。当祖父下种，种小白菜的时候，我就跟在后边，把那下了种的土窝，用脚一个一个地溜平，哪里会溜得准，东一脚、西一脚地瞎闹。有的把菜种不单没被土盖上，反而把菜籽踢飞了。"

正是这样单纯明媚的相处保持住了萧红天性中的良善与美好，在与自然的亲密相处中，祖父教她读诗、教她看自由生长的黄瓜与蝴蝶，很多生命的智慧与哲理也是在潜移默化中进入到她的生命。

入骨相思知不知

正如萧红自己所说的那样:"从祖父那里,知道了人生除掉了冰冷和憎恶以外,还有温暖和爱。所以我就向这'温暖'和'爱'的方面,怀着永久的憧憬和追求。"

在她短暂的一生中,始终都对世间的温暖和爱,怀着永久的憧憬和追求。

她爱读书,爱好文学,不断地学习和思索让她渐渐明白周围人的蛮横与落后,让她觉察出一个地方的愚昧和故步自封,这些懵懵懂懂的感受足以构成她奋力逃脱的理由;祖父的去世更是斩断了她对家庭的所有眷恋和不舍。

1930年,萧红于哈尔滨市东省特别区区立第一女子中学毕业,想要继续求学的她不能接受家庭所安排的包办婚姻、不能接受辍学结婚的旧式命运,因而不顾家人的极力反对出走北平,入北平大学女子师范学院附属女子中学就读高中一年级。为了这次反抗她付出了沉重的代价,家中停止了对萧红的经济支持,十八岁的她,第一次尝到了人生艰难的滋味。

不曾想,这逃离与饥饿,贫穷与孤寂竟然最终构成了她整个青春的固定色彩。

1931年,青涩的初恋被迫夭折。未婚夫汪恩甲的哥哥汪大澄因不满萧红到北平求学,代弟休妻,解除了两家人所订下的婚约,萧红在极致的愤怒下状告汪大澄,谁曾想软弱的恋人为了保

第一章 用尽我所有的诗意文墨，将你的模样慢慢临摹

持家族的声誉竟选择舍弃自己，主动承认解除婚约是自己的本意。纵是萧红再洒脱爽快，也定然会被恋人这样的选择伤害吧，何况，她本身就是一个极端敏感极端自尊的人。

而她那个封建传统的大家庭又怎么可能接受她公然状告未婚夫兄长的无礼举动，将近两个月的软禁磨去了她对家庭的最后一丝感情，萧红终于下定决心彻底逃离。

这一年10月，她到达哈尔滨，再也没有回来。

她原谅了汪恩甲在法庭上的背叛，与之在道外十六道街东兴顺旅馆开始同居生活，却不曾料到这个人会在自己身怀有孕的时候再次背叛，借口回家拿钱而一去不返，只留下巨额欠款和一个深深受伤的萧红。

因为欠下数百元的住宿费无力偿还，她被旅店老板赶进了狭窄并且有霉烂气味的储藏室，甚至被威吓已经找好了买卖她的妓院。她无依无靠，陷在绝境之中也不曾想过要向家庭求助，走投无路的境界里将求助信寄给了当时的《国际协报》。当时萧军正在这家报社任职，两人正是因此而相识。

谁也无法知道那个躲在储藏间里写信的女子当时是怎样的心情，是害怕大于绝望？还是满心都生出萋萋荒草一般的苍凉？她是不是一遍遍回想起自己笑起来像孩子一样的祖父，是不是只能在梦境和呓语中向他倾诉自己的苦楚？

入骨相思知不知

对于那个一再抛弃自己的恋人,她是恨极了才会从来都不提起只言片语吗?

对于无望的明天,她是不是从来都不曾期待过?

她遇到萧军,最好的年纪,最狼狈不堪的自己。

萧军这样回忆他们的初见:"她一张近于圆形的苍白色的脸幅,镶嵌在头发中间。有一双特大的闪亮的眼睛。声音有些受惊了似的微微有些颤抖地问,我们可以谈一谈吗?"

她就像是一只受到惊吓不知所措的小鹿,误打误撞闯进了他的心怀。

他看到萧红的画和小诗:

> 去年的五月
> 正是我在北平吃青杏的时节
> 今年的五月
> 我生活的痛苦
> 真是有如青杏般的滋味

他惊讶于自己面前这个身材臃肿、蓬头垢面的女子竟有如此灵动的文笔,他觉得自己似乎找到了一件珍宝,一块璞玉,他们谈天谈地、谈文学、谈生活、谈艺术,两个同样理想主义的灵魂很容易就找到了相互契合的话题,两颗年轻人的心也在一次次交流切磋中逐渐催生出别样的情绪来。

常常在想主导这两人相爱的一定是命运,他让这两个性格迥异的人在恰巧不过的时机里相遇,所以才能把那些可能会产生的摩擦与矛盾都隐藏了,独独萌发出纯粹的爱情来。萧军是身材魁梧、血性方刚的东北男儿,他自然而然会同情萧红的遭遇,这个多情的文人也实在是很容易就想要呵护一个弱小的女子。而对萧红来说,他是不同于汪恩甲的存在,他与自己能够灵魂相交,还能够带着自己走出这一地的琐屑与糟糕,她在诗歌里这样描述着对萧军的感情:

> 我爱诗人又怕害了诗人
> 因为诗人的心
> 是那么的美丽
> 水一般地,
> 花一般地,
> 我只是舍不得摧残它。
> 但又怕别人摧残,
> 那么我何妨爱。

入骨相思知不知

爱慕与尊崇显而易见,甚至带有一些崇敬的色彩。

趁着松花江决堤而带来的泛滥洪水,趁着笼罩整个城市的无边黑暗,萧军用一艘租来的小船和一条长绳,救出了被困在东兴顺旅馆的萧红。就像是童话故事里,骑士斩杀恶龙救出被困在阁楼的公主一样,如若有配乐,定会是动人心魄的一章。

他们被这样突如其来的爱情撞了一下青春的腰,两个同样贫穷、同样没能实现梦想的年轻人终于看到了青春应有的绚烂霞光。从偶然相遇、偶然相爱再到共同生活,中间没有一丝一毫的犹豫,仿佛早就认定了自己身边的伴侣。

他们在一起后的生活简直是贫穷到了极点,两个在文学上尚未起步的年轻人,空有梦想和爱情,物质和经济却是糟糕到了一塌糊涂的地步。他们先是经历了寄人篱下的无数冷眼,好不容易摆脱,又苦于没有固定工作,只能靠萧军做家庭教师和屡屡借债勉强度日。他们的欠债就像是滚雪球一样越积越多,也越来越不容易借到钱,往往只能借到三角五角,而这样的小钱必须经过细心的算计才能支撑起两人数日的生计。有次在朋友家,见其吩咐用人拿三角钱去买松子当零食,萧红对这无谓的奢侈倍感痛惜,她自嘲早就被艰难困窘的生活磨去了少年的纯真,她"只有饥寒,没有青春"。

很少有女作家经历过萧红所遭遇的一切,特别是因极度贫

第一章　用尽我所有的诗意文墨，将你的模样慢慢临摹

穷而忍饥挨饿的日子，她很多文章中对下层人生的生活之所以能描述得栩栩如生，正是因为她本就在这样的泥泞中挣扎了许久。散文《饿》曾写了一件小事，她因实在饥饿想拿走别人挂在过道门上的"列巴圈"（面包），身体上难耐的饥饿感和内心难以逾越的道德感苦苦斗争，导致她一次次开门，却最终一次次退回房内。天亮了，萧军喝杯茶便出门做事，她饿到中午，四肢疲软："肚子好像被踢打放了气的皮球，我拿什么来喂肚子呢？桌子可以吃吗？草褥子可以吃吗？"

这种挣扎是旁人无法想象的，若不是亲身经历，也少有人能写出这样真实的文字来。

然而二萧的感情，反而在这艰难困苦的环境里更显得美好纯粹。

萧军曾回忆说："尽管那时期我们的生活是艰苦的，政治、社会环境是恶劣的，但我们从来不悲观、不愁苦、不唉声叹气、不怨天尤人、不垂头丧气……我们常常用玩笑的、蔑视的、自我讽刺的态度来对待所有遇到的困苦和艰难，以至可能发生或已发生的危害，彼此起外号就是其中之一。比如，我称萧红'小麻雀'，是形容她腿肚细、跑不快，跑起路来一跳一跳的；称她'小海豹'，是说她一害困、一打哈欠，泪水就浮上了两只大眼睛，俨然一只小海豹；称她'小鹅'，是形容她一遇到惊愕或高

兴的事情，两只手就左右张开，活像一只受惊的白鹅或企鹅。而她称我'小狗熊'，则是因我笨而壮健，像狗熊似的……正因为我们有着这种乐观的共性，因此虽然很穷，但过得很快活、很有诗意、很潇洒、很自然……甚至为一些人所羡慕！"

他们贫穷到什么都没有了，体面的衣衫、舒适的住所，甚至就连饱腹的食物也成了难题，他们只剩下彼此，只剩下爱情。且两人都是乐观的存在，"不管天，不管地，不担心明天的生活。蔑视一切，傲视一切……这种'流浪汉'式的性格，我们也是共有的"，所以能在相互戏谑中给予彼此鼓励，能在精神的交流中收获富足的写作，就当时而言，一切足以。

萧红在日后的回忆里称这一段时间是她的黄金时代，的确如此。自古文章穷而后工，更何况她还有一个志趣相投、相互激励的亲密爱人，生活的艰涩都成了她取之不尽用之不竭的写作素材，她的才情和灵气在这一段时间里展露无遗。

1933年4月，以悄吟为笔名发表小说《弃儿》，从此走向了文学的殿堂，陆续发表了《看风筝》《腿上的绷带》《两个青蛙》《夜风》《清晨的马路上》《八月天》等优秀作品。10月，在舒群等人的帮助下，萧红、萧军合著的小说散文集《跋涉》在哈尔滨自费出版，在东北引起了很大轰动，受到读者的广泛好评，也为两人进军文坛叩开了大门。

第一章 用尽我所有的诗意文墨,将你的模样慢慢临摹

物质上虽然贫穷,精神上却是富足有余。

1934年11月,"二萧"到上海,得到鲁迅亲自指导和引见,参加了《海燕》和《作家》等杂志的编辑工作。之后,两人的代表作《生死场》和《八月的乡村》相继出版,随着在文学上的发展越来越好,两人的生活也渐渐得到了改善。

为了赴鲁迅先生的宴请,萧红花了"七角五分钱"为萧军连夜赶制衬衫的甜蜜之举再也难以重现,这份"充实而饱满"的爱情正在悄然崩落。

他们的差异逐渐变得明显,萧军在性格和为人处世方面,一直是强势霸道的存在,也是简单粗暴的代名词,在矛盾激化的时候他甚至出手打过萧红。他自诩为这场爱情的拯救者,他希望萧红完全听从自己的安排,却并不把她当作平等的伴侣,没有给她相应的尊重。

可是萧红一直都是一个有思想的女子,她有自己不能放弃和妥协的骄傲,她十分自尊,萧军甚至说她"自尊心病态化"。这样强势的两个灵魂就像是两团火焰,他们可以在黑暗的世界里相拥取暖,却也会在逐渐充实的日子里灼伤彼此。

萧军曾坦言:"她单纯、淳厚、倔强、有才能,我爱她,但她不是妻子,尤其不是我的。"

在《生死场》出版之后,萧红在文学上的名声更是如日中

入骨相思知不知

天,这一点也让骄傲霸道的萧军无法忍受,他几乎偏执地觉得自己从一地鸡毛里解救出来的那个女子,必须始终处在自己的庇护下,必须时时仰望自己。

就在这段时间里,萧军风流倜傥的本性也冒出头来,他略有声名,就开始追求浪漫梦幻的爱情。

1936年萧红所写作的《苦杯》就透露出种种惆怅和埋怨来。

一

带着颜色的情诗,
一只一只,是写给她的,
像三年前他写给我的一样。
也许人人都是一样,
也许情诗再过三年他又写给另外一个姑娘。

二

昨夜他又写了一只诗,
我也写了一只诗,
他是写给他新的情人的,
我是写给我悲哀的心的。

第一章 用尽我所有的诗意文墨,将你的模样慢慢临摹

两人的矛盾和争吵越来越多,个人生活和家国天下同时陷入无穷的战斗纷乱里,萧红因为不堪忍受争吵,指望短暂的分离能够让两人冷静思考这段感情,最终决定东渡日本。

在日本的一年间,萧红始终在给萧军写信,描述着自己的生活,担忧着他的生活。她心里的爱情还存在,只可惜他再也不珍惜了。

萧红在信里写:"我告诉你的话,你一样也不做,虽然小事,你就总使我不安心。"

萧军却抱怨道:"她自己已经如此,却还总要'干涉'我的生活上一些琐事,什么枕头硬啦,被子薄啦,吃东西多啦,多吃水果啦……我的灵魂比她当然粗大、宽宏一些。她虽然'崇敬',但我以为她并不'爱'具有这样灵魂的人,相反的,她会感到它——这样的灵魂——伤害到她的灵魂的自尊,因此她可能还憎恨它,最终要逃开它……她曾骂过我是具有'强盗'一般灵魂的人!这确是伤害了我,如果我没有类于这样的灵魂,恐怕她是不会得救的!"

貌合神离,貌合神离。一朝爱情褪去,他竟连一丝一毫的啰唆都要拿来抱怨,且从灵魂的层面来否认这爱情,何其凉薄。从日本归来,两人才确切地认识到这份感情已经不可挽回了,虽然他们勉为其难重新在一起生活了一段时间,却始终是争吵不断,

裂隙更深，最终在1938年，两人结束了彼此纠缠的关系，最终分手。

彼时，萧红刚怀有萧军的孩子。

同年，两人分别组建起自己的家庭。

萧军晚年的另一段描述则不失中肯地概括了两人六年分分合合的感情："我跟萧红共同生活了六年，可以说患难与共、相濡以沫，谁也离不开谁。可是，我们两人在性格等方面又有很大不同。尽管彼此爱得很深，但我的粗犷、爽直、强梁的个性，常使她那纤细、脆弱、多愁善感的灵魂受到伤害。我们俩在一起，就如同两个刺猬一样，太靠近了，就要彼此刺得发痛；远了又感到孤单。当彼此刺得发痛的时候，往往容易引起裂痕、误会和猜疑，结果带来痛苦……"

萧红说："我爱萧军，今天还爱，他是个优秀的小说家，在思想上是个同志，又一同在患难中挣扎过来的！可是做他的妻子却太痛苦了。"

一个粗犷、爽直、强梁的大男子，一个纤细、脆弱、多愁善感的小女儿，他们因为命运的安排在特别的境况下相遇，或许能够相互依偎着度过人生的冬日。却最终在性格全然舒展的同时彼此伤害，就像两个刺猬一样给对方带来无穷无尽的痛苦。

然而这轰轰烈烈的感情终究是难以忘却的。

第一章　用尽我所有的诗意文墨,将你的模样慢慢临摹

端木蕻良或许能够给萧红平常夫妻的陪伴和包容,却再也不可能和她一起达到灵魂的全然相通,她一生的热烈和疯狂、她袒露无遗的娇弱和狼狈都给了萧军,连她创作上的黄金时代,都与那个男子息息相关。所以,直到她因病重临终,都还在热切地盼望:"如果萧军在重庆我给他拍电报,他还会像当年在哈尔滨那样来救我吧……"

然而她终究在离别之前没能再见到自己的三郎,她在异地他乡,在远离故乡的地方永远离开了这个世界。二萧之间如流星一般火热的情感,也终究凄悯告终,永归于苍凉。留下的,只有生者无尽的缅怀。

那个"向着温暖和爱的方面,怀着永久的憧憬和追求"的女子,一生都在寻爱的路上。

在她《呼兰河传》里有一段对后院自然生命的描写:

"一切都活了。都有无限的本领,要做什么,就做什么。要怎么样,就怎么样。都是自由的。倭瓜愿意爬上架就爬上架,愿意爬上房就爬上房。黄瓜愿意开一个黄花,就开一个黄花,愿意结一个黄瓜,就结一个黄瓜。若都不愿意,就是一个黄瓜也不结,一朵花也不开,也没有人问它。玉米愿意长多高就长多高,他若愿意长上天去,也没有人管。蝴蝶随意的飞,一会从墙头上飞来一对黄蝴蝶,一会又从墙头上飞走了一个白蝴蝶。它们是从

谁家来的,又飞到谁家去,太阳也不知道这个。只是天空蓝悠悠的,又高又远。"

她的生命,她的爱情何尝不是这样自由自愿的存在。

她不愿待在呼兰河的家中把生活交给父母支配,所以她逃离。

她爱上一个拯救自己于泥泞的强盗一样的灵魂,奉之为英雄,因此她全力以赴地爱了。

她从那个后院里走出来,从哈尔滨、青岛到上海、日本、武汉、香港,她的人生轨迹本就和自己的作品一样宽广,这生活和写作本就是互相辉映的存在,是浑然一体的萧红的人生。在最渴望爱的时候,她曾遇见他,得到了一段琴瑟相和的年华,有过一段灵魂相交的爱情,就已经足够了,谁又能要求更多呢?

胡兰成致张爱玲：
你好吗？我很想你

时光太瘦，指缝太宽，扣不住的还是曾经匆匆易逝的流年时光。

总记得，方茴与陈寻《匆匆那年》擦肩而过的惘然，郑微与陈孝正《致青春》时曲终人散的伤感。因为热爱，所以疯狂，在青春无悔的岁月里放肆流浪。当只顾着自己前行的方向，却忘了在水一方的伊人翘首以盼，再回首，则物是人非。

哦，原来你是我温暖的手套，冰冷的啤酒，带着阳光味道的白衬衫，日复一日的梦想。

岁月流转，当年轻英俊的胡兰成已是两鬓白发后，在三生石旁，梦已醒，人不在，不禁喃喃细语道：爱玲，你好吗？我很想你。

胡兰成与张爱玲的倾城之恋，轰动一时，羡煞鸳鸯，纵是高贵冷艳、目空一切的张爱玲在爱情面前，却也很低很低。因为懂得，所以悲哀。可是当时光流转时，那个曾经要许她静好岁月的男人，终究还是离她而去，没有一丝丝防备。和普通女子一样，千般不舍，万般留恋，幸而，在和胡兰成的日子里，她是清醒的，没有在爱清面前失去自我，在布满虱子的爱情面前，终于还是选择了华丽的转身。

"我已经不喜欢你了。你是早已不喜欢我了的。这次的决心，我是经过一年半的长时间考虑的，彼时唯以小吉故，不欲增加你的困难。你不要来寻我，抑或写信来，我亦是不看的了。你走，我不留你。"

胡兰成与张爱玲的缘分始于《封锁》，这篇文章如枷锁一般，毫无防备地将张爱玲锁进胡兰成的心里。

在狱中，胡兰成偶然从《天地》杂志上看到《封锁》，便对这故事的主人心生好奇。胡兰成，曾在燕京大学谋职，汪伪政府成立后任汪伪宣传部常务副部长、法制局长、《中华日报》主笔，是汪伪政府下的"文胆"。

出狱后，他在上海找苏青问了张爱玲的地址，静安寺路赫德路口一九二号公寓六楼六五室。美女作家总是炙手可热，一向风流倜傥的情场高手胡兰成自是逃不开张爱玲的魔咒的。

翌日，他便去拜访张爱玲，不料，未果。

才女也是不肯轻易露面的，一向高冷孤傲的张爱玲给胡兰成吃了闭门羹。胡兰成不愧是情场高手，也不气馁，留下自己的电

第一章 用尽我所有的诗意文墨,将你的模样慢慢临摹

话、地址塞进门缝,便走了。

你来,风里雨里我去接你。隔得一日,张爱玲竟打电话给胡兰成,说去大西路美丽园看他,果真张爱玲随即就到了。才子佳人,如金风玉露一相逢,便胜却人间无数,张爱玲在胡兰成的客厅里一坐就是五个小时。对于眼前的张爱玲的出现,胡兰成这样写道:"我一见张爱玲的人,只觉与我所想的全不对。她进来客厅里,似乎她的人太大,坐在那里,又幼稚可怜相,待说她是个女学生,又连女学生的成熟亦没有。我甚至怕她生活贫寒,心里想战时文化人原来苦,但她又不能使我当她是个作家。"

张爱玲的顶天立地,世界都要起六种震动,胡兰成的客厅也感觉不合适了。"她原极讲究衣裳,但她是个新来到世上的人,世人各种身份有各种值钱的衣料,而对于她则世上的东西都还没有品级。她又像十七八岁正在成长中,身体与衣裳彼此叛逆。她的神情,是小女孩放学回家,路上一人独行,肚里在想什么心事,遇见小同学叫她,她亦不理,她脸上的那种正经样子。"

张爱玲在文坛上是自成一派、颇为老练的,但是初见张爱玲真容,与胡兰成的想象形成极大反差,在他眼里,爱玲就像是一个早熟的女学生,令人怜惜。

"她的亦不是生命力强,亦不是魅惑力,但我觉形成极大的反差得面前都是她的人。我连不以为她是美的,竟是并不喜欢

她,还只怕伤害她。美是个观念,必定如何如何,连对于美的喜欢亦有定型的感情,必定如何如何,张爱玲却把我的这些全打翻了。我时常以为很懂得了什么叫惊艳,遇到真事,却艳亦不是那艳法,惊亦不是那惊法。"

她的到来,出人意料,却在意料之中地惊艳了胡兰成。

爱情来得猝不及防。金童玉女,总得摩擦出点火花的。胡兰成竟是要和张爱玲斗,品评时文,从诗词歌赋到小说杂文,音乐诗理,哲理人生。喜欢文字的人内心都是感性的,这一刻,在五小时的交谈里,张爱玲的心扉已经向胡兰成打开了。高山流水,知音密谈。她孜孜地听着胡兰成说,痴痴地看着眼前谈笑风生的胡兰成。温文尔雅,文质彬彬的胡兰成使张爱玲崇拜。她在《小团圆》中以盛邵之恋来写张胡之恋,毫不避讳地写过"他使她崇拜",一是九莉眼中的邵坐在沙发上的半侧面身影,二是九莉在他走后在烟灰盘里把他留下的烟蒂一只一只收起装在一只旧信封里。

胡兰成送张爱玲到弄堂,二人在巷子里并肩走,胡兰成说:"你的身材这样高,这怎么可以?"有意无意,却将二人说得如此近。张爱玲虽诧异,却也不反感。爱情的天秤已经明显地向胡兰成倾斜了。

一个是清朝名门李鸿章之后,风华绝代,一个是汪伪政府下的要员，千夫所指。可是，在张爱玲的眼里，身份、年龄的差异都抵不过那一秒的心动。弄堂的一句挑逗，引无数思念。

情场高手自身深谙打铁趁热的爱情秘籍。

第二日，胡兰成便前去张爱玲家看望张爱玲。张爱玲身穿宝蓝绸袄裤，与华贵无比、新鲜明亮的房间相得益彰。

胡兰成一坐亦是很久。依旧是文人雅士的滔滔不绝，张爱玲像一只娇弱的小玉兔一样，只管会听。良久，张爱玲也不禁吐露心声，她因为胡兰成在南京下狱，竟动了怜才之念。文人之间，总是会有惺惺相惜之情。在这种情感的牵引下，张爱玲与胡兰成的两颗心逐渐靠拢。

胡兰成回家后便给张爱玲写信：

爱玲先生雅鉴：

登高自卑，行远自迩。昨日自你处归来，心头盘唱这八字。上海的元影天光，世间无限风华，都自你窗外流过。粉白西壁，仍是无一字的藏经阁，十八般武艺，亦不敌你素手纤纤。又忆即苏轼天际乌云帖：长垂玉箸残妆脸，肯为金钗露指尖，万斛闲愁何日尽，一分真态更难添。我于你面，无可搬弄，也只有这一真字决……

入骨相思知不知

在喜欢的女人面前,胡兰成是自卑的。论文学,在张爱玲面前是班门弄斧,论身世,他不过一乡野村夫,论家庭,他已为人夫。可是,爱情面前,再遥远的距离也会在爱情的荷尔蒙中败下阵来,胡兰成以自己独特的方式正一点一滴击打着张爱玲尘封已久的心,一"真"字而已。

沉浸在爱情里的张爱玲终是善解人意的。"因为懂得,所以慈悲",对于胡兰成,她相怜、相惜。因为一"真"字,在他面前,她放下了所有的戒备,在等待期待的爱情如约而至。

惊世骇俗的张爱玲的爱情自是惊天动地的。胡兰成已是臭名昭著,年龄又可做她的父亲,封建观念根深蒂固的时代,对于这样一段恋情自是不认好的。而世人都在为张爱玲叹息,这样的爱情不值。

可是,张爱玲仿佛遗世独立似的,任凭世人的冷嘲热讽,依旧坚持自己的爱情观。就像她在《惘然记》中写的,"爱就是不问值不值得。这也就是,此情可待成追忆,只是当时已惘然了"。

胡兰成每隔一天必去看张爱玲,去的次数多了,张爱玲忽然很烦恼,爱情中的张爱玲也是敏感的,女子一旦爱了人,便会患得患失,害怕见面,却又期待见面。张爱玲送字条给胡兰成,让他不要去看她,可胡兰成便是熟知女人的心理的。她说没事,就

第一章　用尽我所有的诗意文墨，将你的模样慢慢临摹

是有事；她说别去看她，其实就是希望他去看她。

胡兰成便改成日日去看张爱玲了。二人感情迅速升温。张爱玲赠相片给胡兰成，背后写着："见了他，她变得很低很低，低到尘埃里，但她心里是欢喜的，从尘埃里开出花来。"张爱玲的心不再荒芜、贫瘠，爱情使她的世界开了花。一向高傲孤冷的张爱玲为了胡兰成，愿意低到尘埃里去，只是为了他，愿意做一个没有高傲的张爱玲。

"于千万人之中遇见你所遇见的人，与千万年之中，时间的无涯的荒野里，没有早一步，也没有晚一步，刚巧赶上了，那也没有别的话可说，唯（惟）有轻轻地问一声：'哦，你也在这里吗？'"

胡兰成，这个男人将成为张爱玲生命里最重要的男人。张爱玲翘首以盼，终于等来了那个她一直等待的正当最好年龄恰好的他，她坚定地认为，胡兰成就是那个与她白头偕老的人。

愿得一人心，白首不相离，和许许多多渴望爱情的女子一样，张爱玲也在等待自己的爱情，有美一人，宛若清扬。不是因为他的权势、地位、年龄、政治背景，只因为，他，是胡兰成，是自己决定一心一意想要去爱和守护的人。张爱玲对自己的爱情往往也如自己的作品中的展现一样坚贞而又倔强，令人刻骨铭心。

爱情的最高产物就是婚姻，有好多人说婚姻是爱情的坟墓，因为婚姻让爱情走向了尽头，可是，同时，婚姻也是爱情的再度发酵。

在爱情中，你可能只是喜欢那个对你甜言蜜语的人，也正是婚姻将一个人真正地为你改变，只是为你，从此，会有一个人，在柴米油盐的日子里和你一起度过，共享雨露风霜，共品人间烟火。

清晨，在温暖的阳光抚摸中，有人为你做早餐，晚上，有人在和你一起吃完饭后，陪你散步，你感冒了，有人给你熬姜汤；你失落时，又有一个肩膀给你依靠；你开心时，有一个人比你笑得更开心。婚姻让漂泊的恋人有了家。

张爱玲在情感上落定之后，胡兰成答应给她一个家。"我本自视聪明，恃才傲物惯了的，在你面前，我只是感到自己寒碜，像一头又大又笨的俗物，一如贾宝玉所说的污泥。在这世上，一般的女子我只会跟她们厮混，跟她们逢场作戏，而让我顶礼膜拜的却只有你。张爱玲，接纳我吧。"胡兰成向张爱玲求婚。

1944年8月，二人结为夫妻。一纸婚书为定，张爱玲提曰：胡兰成与张爱玲签订终身，结为夫妇。胡兰成觉得还不够，就在背后写道：愿使岁月静好，现世安稳。炎樱与胡兰成侄女青芸做证婚人。

第一章　用尽我所有的诗意文墨，将你的模样慢慢临摹

婚后二人沉浸在甜蜜的喜悦里，依然一个是金童一个是玉女。胡兰成与张爱玲聊赵飞燕、聊《红楼梦》、讨论《水浒传》的写作、切磋诗经的用词，也谈论爱玲上学的糗事、着衣方面的考究……亲密无间，恍如隔世。胡兰成曾在《今生今世》中写道：

"我们两人在房里，好像'照花前后镜，花面交相映'，我与她是同住同修，同缘同相，同见同知。爱玲极艳。"

文人之间的柴米油盐的生活也是诗化的。两人在房里并坐看《诗经》，"树里闻歌，枝中见舞，恰对妆台，诸窗并开，遥看已识，试唤便来"，这里也是"既见君子"，那里也是"邂逅相见"，相处甚欢。

"她只管看着我，不胜之喜，用手抚我的眉毛，说'你的眉毛。'抚到眼睛，说'你的眼睛。'抚到嘴上，说：'你的嘴。你嘴角这里的涡我喜欢。'她叫我兰成，我当时竟不知道如何答应。我总不当面叫她的名字，与人说是张爱玲，她今要我叫来听听，我十分无奈，知得叫一声'张爱玲'，登时很狼狈，她也听了诧异，道：'啊？'对人如对花，虽日日相见，亦竟是新相知，何花娇欲语，你不禁要叫她，但真若叫了出来，又怕要惊动三世十方。"

入骨相思知不知

胡兰成与张爱玲的爱情在婚姻的酝酿中愈演愈烈,两人如漆似胶。"牵牛织女鹊桥相会,喁喁私语尚未完,忽又天晓,连欢娱亦成了草草。《子夜歌》里有:一夜就郎宿,通宵语不息。黄檗(一种植物)万里路,道苦真无极。我与爱玲却是桐花万里路,连朝语不息。"

然而,我们却只是看到了开头,却没猜到结局。胡兰成终究还是一个情场浪子。

南京汪伪政府倒台,汪精卫死在日本名古屋帝国大学附属医院后,胡兰成开始了他的逃亡生活,逃往武汉。在汉阳作演讲时,生病住在汉阳医院的胡兰成与照顾他的周护士产生情愫。周护士在胡兰成住院期间悉心照顾胡兰成,年轻又漂亮,胡兰成绝对不会放过这样一个绝佳的机会,况且他与张爱玲相隔千里。涉世未深的小姑娘自然不能经得起情场老手的示爱,最终投向了胡兰成的怀抱。而这一切,远在千里的张爱玲浑然不知,她还日日在家中,为胡兰成担心焦虑,殊不知,自己却还是遭到了爱情背叛。胡兰成空留一身思念给张爱玲,也留给她独守空房的无尽落寞。

曾经那个要许她一世安稳的胡兰成,抵得过自己的欲望,却抵不过岁月的流逝。终还是,离张爱玲愈来愈远了。曾经卿卿我我,男欢女爱成过眼云烟,山盟海誓是对张爱玲最大的嘲讽。爱

第一章　用尽我所有的诗意文墨，将你的模样慢慢临摹

因胡兰成而起，痛也因胡兰成而起。奈何，往日的欢声笑语都已在风中摇曳了。

因为懂得，所以慈悲。回到上海，胡兰成竟一点也不遮掩，公开告诉张爱玲他和周护士的风流韵事。张爱玲竟也糊涂地答应了。

也许每一个男子全都有过这样的两个女人，至少两个。娶了红玫瑰，久而久之，红的变成墙上的一抹蚊子血，白的还是"床前明月光"；娶了白玫瑰，白的便是衣服上的一粒饭粘子，红的却是心口上的一颗朱砂痣。张爱玲俨然就如那墙上的一抹蚊子血、衣服上的一粒饭粘子。

胡兰成一生有八个女人，小周护士不会是最后一个。1945年8月15日，日本宣布投降后，胡兰成再次开始逃亡之旅。他又抛弃了小周护士，逃亡温州时，遇到了范秀美，二人一同避难。

张爱玲终究还是放心不下胡兰成，身在上海的她，千里迢迢跑到温州去看望久别未见的丈夫。欣喜的她，望着夫君深情款款地说道："我从诸暨、丽水来，路上想着这是你走过的，及在船上望得见温州城了，想你就住在那里，这温州城就含有宝珠在放光。"

久别重逢的爱人，一见面本是激动万分的。可是，胡兰成并不，想是他也愧对张爱玲。没有温柔的目光，深情的拥抱，胡兰

成大声吼道:"你来这里干什么?"再是寻花问柳,胡兰成内心也是不愿面对张爱玲的。而张爱玲的爱情世界,自此已是完全地倒塌了,就像爱情初来时,毫无防备。可是,她仍旧不想轻易放手,仍然在做最后的挣扎。她想挽留胡兰成。"我要你选择,你到底不肯。我倘使不得不离开你,且不致寻短见,亦不能够再爱别人,我将只是凋谢了。"胡兰成还是狠心离去了。而张爱玲,这一朵民国异常艳丽、夺目的女人花,真的是凋零了,即使低到尘埃里,也没有获得坚贞不渝的爱情。

曾经有多轰轰烈烈,此刻就有多伤心欲绝。毕竟,爱情的模样总是让人灼手,却又不能轻易放弃。张爱玲亦是逃不开这爱情的魔咒了,即使在她的笔下,对爱情有着一以贯之的理性认识。

九莉快三十岁的时候在笔记本上写道:雨声潺潺,想住在潺溪边。宁愿天天下雨,以为你是因为下雨不来。这也是张爱玲的内心写照,她不愿相信曾经深爱的人已经离去的现实,更不愿接受这一残酷的现实。

在小团圆结尾中,张爱玲把自己对胡兰成的感情形容为"痛苦之浴"。"这时候也都想不起之雍的名字,只认识那感觉,五中如沸,浑身火烧火辣烫伤了一样,潮水一样的淹上来,总要淹个两三次才退。"

经历过了爱情破裂的阵痛期后,张爱玲选择了放手。不堪入目的爱情，不要也罢。

1947年6月10日，胡兰成收到了张爱玲的信。

"我已经不喜欢你了。你是早已不喜欢我了的。这次的决心，我是经过一年半的长时间考虑的，彼时唯以小吉故，不欲增加你的困难。你不要来寻我，即或写信来，我亦是不看的了。"张爱玲自是有自己独立的品格的，爱的满目疮痍之后，也要放得坦坦荡荡。

胡兰成曾经这样写过，"忽儿又想起那日你对我说：'我自将萎谢了……'不，爱玲，我立时慌张起来，你要好好的。我去找你，熟悉的静安寺路，熟悉的一九二号公寓六楼六五室，矗立门前，门洞紧闭。我曾经无数次地在门洞打开后看到你可爱的脸，可是你毕竟是不在了。

我在这昏黄的公寓楼梯间里隔着电梯的铁栅栏，一层层地降落，仿佛没有尽头，又恍惚如梦，我仿佛是横越三世来见你的，而你却不在。

想你于我之间的事，仿佛是做了一场梦，你是一直清醒着的，而我……

梦醒来，我身在忘川，立在属于我的那块三生石旁，三生石上只有爱玲的名字，可是我看不到爱玲你在哪儿，原是今生今世已惘然，山河岁月空惆怅，而我，终将是要等着你的。"

入骨相思知不知

一句"而我,终将是要等着你的"道出了胡兰成无尽的思念,这思念如春风吹过八千里,却不知归期。

人生若只如初见。胡兰成在日本与大汉奸吴四宝的遗孀佘爱珍在日本结婚后,收到张爱玲向他暂借《战难,和亦不易》《文明与传统》等书做参考的书信。

惊喜之余,胡兰成立马回信,并附上自己的近照和回忆录《今生今世》上部,字里行间,念念不忘张爱玲。一直没有收到张爱玲的信,胡兰成就一封封地寄信。可是,再收到信后,已是张爱玲冷漠相对了。

"兰成,你的信和书都收到了,非常感谢。我不想写信,请你原谅。我因为实在无法找到你的著作参考,所以冒昧地向你借,如果使你无悔,我是真的觉得抱歉。《今生今世》下卷出版的时候,你若是不感到不快,请寄一本给我。我在这里预先道谢,不另写信了。"

红豆生南国,春来发几枝。愿君多采撷,此物最相思。

梁实秋写给韩菁清：
昨天睡的时间不久，但是很甜

人间自是有情痴，此恨不关风与月。

如果说要用一句话概括梁实秋与韩菁清的这段黄昏之恋，想来最恰当的正是上面这一句，他们相遇得很晚，当时的梁实秋已经年过七十，步入了人生的暮年，可是这段感情却一直保持着最美好的模样，直到他从人间离去。

他们身份有别，年龄更是相差二十八岁，这段恋情因为它实在特别而不被世人接纳，一时间流言蜚语几乎要把当事人淹没了，可是他们的爱情却排除万难，修成正果了。十三年的相濡以沫成了最强有力的反击，他们的生活就是最好的证明，证明这两个人的结合只是因为爱情，无关风月、无关世俗。

世人对于爱情的理解实在是太局限了，我们总是本能地偏向于一种美好的模式：于千千万万人中间，在最好的年纪里，遇到一个对的人。

可是现实里的爱情，往往没有这样简单，在最好的年纪里

入骨相思知不知

多少人都没有遇到命定的爱情,即便遇到了也有可能在漫长的人生旅途中不经意走散了。要知道寻觅爱的路途本就漫长复杂如迷宫,一对真心相爱的伴侣,从来都不该因为年岁的差距、身份的不同而受到任何人的指责。

爱神丘比特他太顽皮了,根本就不拘何时射箭、射中谁。

有时候,人们所缺少的正是一种诗人特有的浪漫气质,一种能在爱情面前发疯发狂的热情基因,若是人人都能在自己认定的爱情里痴心到底,或许世间的怨偶就会减少很多,或许梁祝的悲剧就不会发生了。

在爱情里面,本就应该自私一点,再专注一点。

很幸运,梁实秋和韩菁清正是这样做的,所以民国爱情故事里,才会有这样一卷浪漫的、惊艳的黄昏恋。

梁实秋乃是当时著名的散文家、学者,他的散文集《雅舍小品》自出版后就广受好评一再重印,他更是国内第一个研究莎士比亚的权威,在文坛上享有赫赫声名,于教育界也是桃李遍布天下,是当之无愧的大师级人物。

他的生命里曾有一场透彻的爱情。

他与原配夫人程季淑自由相恋,在1927年成为结发夫妻,此后将近五十年的生活里都是相依相伴,他们一起建立了自己的小家庭,育有三女一子;他们一起看过山河的破碎,从最黑暗的年代一直走到光明里来,他们的爱情占据了双方绝大部分生命。

这种日复一日年复一年积淀下来的感情最叫人艳羡,从年少的青涩到华发初生的沧桑,说不清一起看过多少次日出日落,说不尽两人之间发生了多少美好的小故事,漫长的时光让他们的生命融为一个整体。

若不是意外,谁都没有想过会有结束的一天。

1974年,梁实秋和程季淑在美国西雅图安度晚年,然而横生枝节,4月30日在市场购物时,临街的一个梯子毫无预兆地砸在了程季淑身上。伤势过重,离开人世。老伴的突然离去就像是一场暴风雨,把梁实秋的生活和情绪搅得动荡难平,他为亡妻所写的文字集成《槐园梦忆》,简直就是字字含悲,叫人读之垂泪。

《槐园梦忆》由台湾远东图书公司出版,梁实秋同年被出版公司邀请到华美大厦小住,商量相关事宜。

他自己都没有想到,这里有着他命中注定的另一段爱情——韩菁清。

韩菁清是标准的千金小姐,1931出生于湖北,父亲韩惠安是当地富贾,曾任湖北纱布丝麻四局总经理,汉口商会会长,湖北参议会议长。在韩惠安四兄弟中,女孩唯有韩菁清一人,所以,韩家把她视为掌上明珠。虽然缺乏生母的教导,父亲却给予了她力所能及的最好的教育,从小便请了家庭教师彭寿民教她习古文、诵诗词。

她自幼喜欢唱歌,极具音乐禀赋:

七岁就在上海儿童歌唱比赛中荣列榜首;

十四岁参加上海歌唱皇后大赛,夺得桂冠;

1946年8月,当选上海"歌星皇后";

1949年在香港步入影坛,曾自编、自演、自写歌词四部精彩影片:《大众情人》《一代歌后》《我的爱人就是你》及由陈蝶衣编剧的《香格里拉》;

1967年前往台湾,又成为台湾颇有声誉的当红歌星,第一张唱片《一曲寄情意》发行达一百万张,令人侧目。

这是一个五光十色、鲜亮夺目的女子,她本身就是一颗璀璨的明珠,她习惯了站在舞台上将自己最好的一面展现出来。她所渴求的自然也是最好的爱情,只可惜不尽如人意,始终没有遇到正确的人,她曾说:"我实在是没有接受过爱的温暖,由憧憬中告诉我,事实不是我薄情寡义,而是我所遇非人。"

她与梁实秋的相遇,实则是偶然中的偶然。

根据她自己的回忆:"事情得从前一天说起。那天,我的姨父谢仁钊要写一封英文信给一位美国议员朋友。姨父是国际关系法教授。写信时,有几个名词的英文不知该怎么写,我当时正巧买了一本梁实秋主编的《远东英汉大辞典》,姨父借用我的

第一章　用尽我所有的诗意文墨，将你的模样慢慢临摹

辞典。吃晚饭时，他把辞典放在餐桌上，一边吃饭一边翻阅。我说：'谢伯伯，吃完饭再看吧，饭桌上有油，会弄脏辞典的。这是我用一千多元买来的书。''一本辞典有什么了不起的？'姨父不以为然地继续说：'远东图书公司的老板，当年还是我送他出去留洋的呢。这种辞典，我去远东要多少本他就会给多少本。明天，我带你去远东，叫老板送你一本新的！'我的姨父说完，依然在餐桌上翻阅着辞典。'韩菁清的姨父谢仁钊说话果真算数。第二天，他带着韩菁清到了远东图书公司。老板浦家麟当即奉上一册崭新的《远东英汉大辞典》，并告诉谢先生一个好消息：梁先生在华美大厦呢，你想见一见他吗？他这次来台北，是我们'远东'请来的。""行，我去看他。"谢仁钊便带着韩菁清一起到了华美大厦。

就这样，梁实秋与韩菁清相遇了。

这一年，他七十一岁，她四十三岁。他是受人敬仰的一代鸿儒，她是万紫千红的演艺明星。

他们在相遇的第一天就颇聊得来，从韩菁清的名字聊到诗经里的"其叶菁菁"，从诗经聊到璀璨的中国古典文学，他惊讶地发现在嘈杂的演艺圈居然还有这样一个深谙古文的女子，他不禁多看了几眼。

正是这多看的几眼叫人动了心，一向早睡早起的梁实秋在与

入骨相思知不知

韩菁清告别的第一个夜里,就辗转难眠了。他觉得自己就像是诗经里为窈窕淑女所倾倒的君子,他的心中竟然生出年轻时才有过的忐忑和急迫来。

就这样,他来到了她的窗下,这个头发都已经花白的老人,此刻就像是个精力旺盛的青年人,心中点燃了比火焰还要炽热的爱情。此时,韩菁清已经敏感地觉察到他对自己的别样的眼神,但是她只把对方视作一位尊敬的长者,他们虽然有很多共同话题,她却没想过要发展为爱情。她想阻止这场爱的滋生,想把他火热的眼神转向别处,再次见面时她对他说"我想为你做红娘。"

"我爱红娘。"他几乎是毫不犹豫就点破了这层朦胧的窗户纸。

诗人的热情像是激烈的鼓点一样震撼着韩菁清的心,她从来没有遇到过这样真实激烈的爱情,她几乎就要为诗人所俘虏了。

最后一丝理智让她迟疑了,他们才刚刚相识,都还不够了解彼此。他们之间隔着漫长的时光,他们的差异太大了,她并不确定爱情能够让人跨越这鸿沟。她写信劝梁实秋"悬崖勒马",不料这信件却引来诗人一封接一封的情书,有时一天还有好几封,这些没有邮戳的信件都是他亲手交到自己手里的,每一封里都跃动着一颗真诚炽热的心。

第一章　用尽我所有的诗意文墨，将你的模样慢慢临摹

他回应说："不要说是悬崖，就是火山口，也要拥抱着跳下去。"

他更加直截了当地表白："我只要拥有你，所谓拥有，不仅是你的身和心，还有名义，我要你做我的妻。"

他解释自己所做的一切皆是发自真心："我和你一见面，就喜欢你的为人——你这个人表里如一，虽说是演员出身，但在人生的舞台上没有演习，怎么想就怎么说，怎么说就怎么做。"

这猛烈的爱情攻势令任何一个女子都难以阻挡，更何况，韩菁清本身就对梁实秋颇有好感，她很快就在回信里改了口风，两人正式在信件中谈起恋爱来。无论是一生的见闻还是文学的造诣，他都慢慢讲给她听，他们从电影、歌曲谈到古诗、写作，彼此交换着人生，似乎要把相遇之前的空白尽数填补。

韩菁清甚至把祖传的戒指送给了梁实秋，作为定情信物。这一举动让梁实秋欣喜若狂，美人所赠的每一件事物都变成了他的珍宝，他为此写下了那封著名的情书：

> 昨天睡得时间不久，但是很甜。我从来没戴过指环，现在觉得手指上添了一个新的东西，是一个大负担，是一种束缚，但是使得我安全地睡了一大觉。小儿睡在母亲的怀里，是一幅纯洁而幸福的图画，我昨

晚有类似的感觉。"像是真的一样"。手表夜里可以发光，实在是好，我特别珍视它。因为你告诉我曾经戴过它。我也特别羡慕它，嫉妒它，因为它曾亲近过你的肤泽。我昨天太兴奋，所以在国宾饮咖啡就突然头昏，这是我没有过的经验，我无法形容我的感受。凤凰引火自焚，然后有一个新生。我也是自己捡起柴木，煽动火焰，开始焚烧我自己，但愿我能把以往烧成灰，重新开始新的生活——也即是你所谓的"自讨苦吃"。我看"苦"是吃定了。

这份爱情成了他生命里自愿承担的甜蜜负担，他陷在这狂热的爱情里容光焕发，他嫉妒一块曾经亲近伊人芳泽的手表，他自愿投身这爱情，哪怕自讨苦吃、哪怕灰飞烟灭也在所不惜。爱情就像是一场魔法，突然降临到生命里，带来了天翻地覆的变化。

1975年1月7日，梁实秋飞回美国处理妻子的索赔诉讼。两人经历了短暂的离别，也迎来了这段爱情里最喧嚣的反抗。

他说："亲亲，我的心已经乱了，离愁已开始威胁我，上天不仁，残酷乃尔！"

韩菁清则回应："秋，你走了，好像全台北的人都跟着你走了，我的家是一个空虚的家，这个城市也好冷落！"

第一章　用尽我所有的诗意文墨，将你的模样慢慢临摹

两人尚在离别的忧愁里挣扎。一夜之间，他们的恋情更是突然成了台湾岛的"新闻风暴"，诸如《教授与影星黄昏之恋》的新闻标题在大大小小的报纸上频繁出现，社会舆论全都一边倒地指责韩菁清，人们无法理解这个年轻貌美的韩小姐为何要嫁给一个垂垂老矣的学者，他们不惜以最大的恶意来妄议这段恋情。她被看作是贪图名利之辈，被媒体冠上"收尸集团"的恶名；她被指责为高攀，指责为是对大师的亵渎；甚至就连梁翁的学生和好友都是极力反对，学生成立了"护师团"，友人来信说"一树梨花压海棠"太不像话……

然而这两人的感情并没有丝毫的退缩，他们竟在众人的反抗和非议中越走越近、越走越坚定了。

韩菁清在给梁实秋的信中说："我任性、好胜、好强，是我的弱点，也是我的优点，我任性地爱上了你，我不会轻信别人的闲语，我得到了你整个的心和爱情，就是我好胜好强的表现，不是么？"

梁实秋的回信让她更加坚定："我像是一枝奄奄无生气的树干，插在一棵健壮的树身上，顿时生气蓬勃地滋生树叶，说不定还要开花结果。小娃，你给了我新的生命。你知道么？你知道么？我过去偏爱的色彩是忧郁的，你为我拨云雾见青天，你使我的眼睛睁开了，看见了人世间的绚烂色彩。"

入骨相思知不知

她反而在这漫天的非议中认清了自己的内心："亲人，我不需要什么，我只要你在我的爱情中愉快而满足地生存许多许多年，我要你亲眼看到我的脸上慢慢地添了一条条皱纹，我的牙一颗颗的慢慢地在摇，你依然如初见我时一样好奇的目光虎视眈眈，那才是爱的真谛，对吗？"这不是疑问，而是肯定。

面对好友的劝解，梁实秋给出了最后的答案："我只是一个凡人——我有的是感情，除了感情以外我一无所有。我不想成佛！我不想成圣贤！我只想能永久和我的小娃相爱。人在爱中即是成仙成佛成圣贤！"

这样的坚定最终换来的甜蜜的婚姻，1975年3月29日，梁实秋提着一小箱书信，飞过太平洋，来到台湾，来缔结他们的"宿缘"！

爱情原本就是两个人的事情呀。要是因为外人的诋毁或祝福而委屈自己，人生就真的是太没有趣味了。毕竟，能够相伴一生的是你选择的那个恋人，而不是这群议论起来没有休止的外人。索性，梁先生与张小姐，都是聪明人。

这是一场小型却又特别的婚礼：梁实秋穿上了她为他准备的橘黄色花领带、玫瑰红色的衣服，满面春风地兼任了司仪，站在大红喜字前庄重地宣布婚礼开始。然后，他又用轻快的语调自读结婚证书，随后在宾客们的欢笑声中，献上了最能概括两人关系

第一章　用尽我所有的诗意文墨，将你的模样慢慢临摹

的新郎致辞：

"谢谢各位的光临，谢谢各位对我和韩小姐婚姻的关心。

我们两个人是同中有异，异中有同。最大的异，是年龄相差很大，但是我们有更多相同的地方，相同的兴趣，相同的话题，相同的感情。我相信，我们的婚姻是会幸福的、美满的。"

从这个宣言开始，他们果然就幸福美满了十三年，用现实的美好叫那些站在远处的观众大失所望，他们的爱情渐渐成了最寻常的生活，洗净铅华，独自盛放。

他们相敬如宾、求同存异，互相尊重对方的生活习惯。他习惯早睡早起，便在散步归来的时候为她买一份早餐，她喜欢晚睡晚起，就在临睡前替他明天的生活做出安排。在共同空暇的时间里，便可以一起出游、会客，一起看报、看电影，爱情和个性达到最大的融合。

韩菁清是个精致的女子，她的生活除了音乐和艺术，还有精湛的厨艺，婚后，梁实秋因此胖了一圈，整个人都呈现出生机勃勃的旺盛和喜乐来，正如他自己所说的那样，他因这段爱情，获得了新生。

原本搁笔已久的梁实秋，在爱情的滋养下再次萌生出了创作的欲望，他每天上午读书，然后写作，保证每天写就五千字。最终在1979年6月，写完了《英国文学史》和《英国文学选》，这

入骨相思知不知

简直是奇迹一样的存在。

她教会梁先生跳舞,而那一年梁翁已经七十四岁了。在如水的月光里,两人相拥着翩翩起舞,身姿美好,让人根本就意识不到这是已经老去的人。他们的生活永远充满着激情和浪漫,永远都不会因为时光的流逝而让爱情褪去颜色。

他们的灵魂更是在日常生活中靠得更近了,婚后她曾坦诚倾诉:"我坦白地承认我曾有过无数次的罗曼史,不成熟的,稚气的,成熟的,多姿多彩的,但是,都已烟消云散,不复存在!现在这迟来的爱情才是实在的,坚固的,它会与世永存!"

他则回应:"强烈的爱燃起了我心里的火。这圣火一经点燃是永不熄灭的。"

年龄会是爱情的阻碍吗?在他们这里答案注定是否定的。梁先生虚长的年岁都成了他最宝贵的生活经验,正因如此,他格外懂得爱情的珍贵、他也明白应该如何去爱。所以他们的爱情才会在时光里永远处于不老不衰的境地。这爱情成了彼此热爱生活的原因,他因为她接触音乐舞蹈,在书房外的生活给了他健康的身体;她因为他体验到了人世间最好的爱情,也接触到了文人精彩纷呈的灵魂,这将是一生取之不尽的财富。

她在他眼里,无论如何都是美的。

他们养了一只猫,像对待儿女一样精心照料。

第一章　用尽我所有的诗意文墨，将你的模样慢慢临摹

他在结婚十年后，仍然像初遇一样爱着自己心爱的姑娘，仍然能够为她写出浪漫的情话来："我首先告诉你，启从十年前在华美一晤我就爱你，到如今进入第十个年头。我依然爱你，我故后，你不必悲伤，因为我先你而去是我们早就料到的事。我对你没有什么不放心。我知道你能独立奋斗生存，你会安排你认为最好的生活方式。

十年来你对我的爱，对我的照顾，对我的宽容，对我的欣赏，对我所做的牺牲，我十分感激你。"

1987年11月2日，梁实秋因心脏病突发而走到生命的尽头。他对韩菁清说的最后一句话是："菁清，我对不起你，怕是不能陪你了！"

这段不被世人看好的忘年恋，却一路美好到了最后。

韩菁清在《秋的怀念》中总结他们的爱情：

> 爱情是一种极神圣的东西，爱情是无价之宝，爱情是一种伟大的使命，夫妻都要担当！保持永远的美好！愈是得来不易的爱情，愈要格外珍惜，人生苦短，应该多爱对方一些，使生命变得有活力，生活在一起，是几生修来的缘分，我们没有辜负上天的安排，我们的十三年每天都拥有了甜蜜、美满和幸福。

入骨相思知不知

从我认识梁教授的第一天开始,直到今天出书,我以他为荣,他和这本书永远陪伴着我,继续的在降福于我,梁教授在我心目中他是伟人,虽然巨人离席,虽死犹存!谢谢全世界的读者都爱他,比爱我,我更高兴。我与他是两位一体不可分割的,天上人间,我们仍在互诉衷情,心心相印!我和他的爱情就是这样一直延绵下去,永远、永远、爱个没完!

十三年中,我们过着平凡幸福的日子,他每晨散步、写作,晚上看书,我每天花时间照顾猫咪们,更照顾他的饮食起居,有福同享,有难同当,互敬互爱,知己知彼,双方从恋爱到结婚,双方都付出了相当大的代价,当年写情书时,没有想到未来是个什么样的结局,也想不到今天在海峡两岸出版这本书。

的确,爱情不是一种儿戏,爱情是一种极神圣的东西,爱情是无价之宝,爱情是一种伟大的使命,夫妻都要担当!保持永远的美好!

或许所有的爱情都将归于生活的平静,但是爱情它却从来都没有老去,它屹立在流水一样的时光里,历久弥新,永远都是神圣的存在。

第二章
跨越万水千山，只为向你靠近

钱锺书致杨绛：
最贤的妻，最才的女

佛说：五百年的回眸才换来今生的擦肩而过。我说，今生的相遇，是前世不离不弃的结果。风吹絮飞，雾散云聚，红尘万丈终有时，前尘莫负今生聚。此去经年，爱情一如昨。有多少爱情故事在悲恸离殇时红了眼，又有多少爱情故事在欢聚圆合间暖了心。

我见到她之前，从未想到要结婚，我娶了她几十年，从未后悔娶她，也未想过要娶别的女人。

1911年7月17日，一个漂亮可爱的小女孩在北京呱呱落地，她就是杨家的第三个女儿，父亲杨荫杭为她起名为季康，小名阿季。因为家中姊妹嘴上偷懒，总是把"季康"连起来念成"绛"，阿季干脆就把"绛"视作为自己的第二个名字。

后来她在上海一家小学担任代理教员期间，写出了一本红遍大江南北的喜剧——《称心如意》，那便是她第一次以"杨绛"的身份出现在大众眼前。

入骨相思知不知

天资聪颖的阿季自幼在父亲的熏陶下长大,受到了良好的教育。初入学校时,或许是学堂里传授的内容对她而言太过简单,她不专心听课,反而淘气地在座位上玩游戏。老师看到了很是生气,就要她站起来回答问题,没想到她对课文的内容全都对答如流,老师也拿她没有办法。

有趣的是,阿季长大懂事之后,就打定了主意要去清华大学的文学系念书,对其他同样优秀的高级学府则是一概不感兴趣,其中具体的缘由恐怕连她自己也说不明白。她的母亲打趣道:"阿季的脚下拴着月下老人的红丝呢,所以心心念念只想考清华。",不得不说是一语中的。

1928年,十七岁的阿季高中毕业,正要迈入大学的门槛,孰料那年清华大学在南方没有女生的名额。无奈之下,她只好退而求其次,进入了没有文学系的东吴大学。因为对政治系的内容毫不感兴趣,她对学校里的课程都是敷衍了事,比起学习枯燥的内容,她更愿意一个人待在图书馆里阅读文学类的书籍。

如此三年下来,她对文学的兴趣更是一发不可收拾了。

1932年初,东吴大学因学潮而停课。趁着这个机会,季康毅然决定要北上京华,去梦寐以求的清华大学借读。为此,杨父也是纠结了很久,他对小女儿的安危不甚放心,却又不忍阻拦她追

第二章 跨越万水千山，只为向你靠近

求自己的梦想，只能在确保安全而且有同学相伴的前提下，才答应了下来。

除了家里的父母姊妹，还有一人也为了她独自远行的事情操碎了心，他就是一直对阿季念念不忘的费孝通。

"回眸笑似瞋，萦怀六十春。河边堤上柳，犹拂三代人。"

费孝通与季康结识于青春正茂的年华，很快就倾倒于她的美貌和才华，一心一意地将她视为自己的初恋。后来，他们一同求学于东吴大学，几年的了解和相处更是让他的痴心坚若磐石。因为担心风靡校园的季康被别的男孩子觊觎，他对外放出话来："我和季康是老同学了，早就跟她认识，你们要想追她，还得走我的门路。"

直到遇到停学的风波，他离开南方，转而到了燕京大学，也就是现在的北京大学。奈何"落花有意，流水无情"，季康对他一直是以礼相待，只以朋友的身份来往。

最终，心意已决，她果断放弃了美国韦尔斯利女子大学的奖学金，与好友周芬，同班学友孙令衔、徐献瑜、沈福彭三君结伴而行，途中坐过火车，渡过长江，还在路上走了三天。

她丝毫无惧长途跋涉之艰辛，仿佛红线的那头，远在北平的爱人正在召唤着姗姗来迟的她。

"古月堂"是清华女生宿舍的名称，内里不设会客室，平日

入骨相思知不知

自是不允许男生出入的。因此，寂寞的男孩子若想要见得女友一面，只能约了时间在楼下默默地等待。

寒来暑往，年复一年，但古月堂前的爱情故事却从未消止。

在季康抵达北平之后，为了彻底断绝情敌的打扰，费孝通更是早有准备，他让与阿季同行的好友孙令衔四处播散"名花有主"的不实消息，使得不少爱慕她的男生都打了退堂鼓。

那是3月的一天，古月堂前走过一位俊朗挺拔的男生，他就是清华西方语言文学系的钱锺书。作为西语系有名的才子，教文学的吴宓教授曾经这样称赞他："自古人才难得，出类拔萃，卓尔不群的人才尤为不易得，当今文史方面的杰出人才，在老一辈中要推陈寅恪先生，在年轻一辈中要推钱锺书，他们都是人中之龙。"不仅如此，他还因为出色的文采和广博的学识，与曹禺、颜毓蘅一同被大家并称为"三杰"。

无巧不成书，钱锺书的表弟也来到北平求学，他就是上文提到的孙令衔，也正是通过孙令衔的介绍，这位小有名气的风云学长有机会认识了初来乍到的季康。

缬眼容光忆见初，蔷薇新瓣浸醍醐；不知谁洗儿时面，曾取红花和雪无？

初见佳人真容，钱锺书眼前一亮，犹如醍醐灌顶，只见她面容清秀白皙，气质清逸温婉，不禁让人暗自揣测她小时候是不是

第二章 跨越万水千山，只为向你靠近

用红花和雪来洗面，才出落得这样娇柔白嫩。就这惊鸿的一瞥，仿佛突然撞进了他情窦初开的心中。

当时，钱锺书身上则是一套知识分子的标准装扮。他穿一件青布大褂，一双毛底布鞋，戴一副老式大眼镜，一点也不翩翩。

晚年的杨绛回忆往事，这样幽默地打趣道，但那古板的衣着自然是掩饰不住青年的锋芒，他炯炯有神的目光，眉宇间蔚然而深秀的气度，也同样深深地吸引了那个稚嫩的女孩。

"唐小姐妩媚端正的圆脸，有两个浅酒窝。天生着一般女人要花钱费时、调脂和粉来仿造的好脸色，新鲜得使人见了忘掉口渴而又觉嘴馋，仿佛是好水果。她眼睛并不顶大，可是灵活温柔。她头发没烫，眉毛不镊，口红也没有擦。总而言之，唐小姐是摩登文明社会里那桩罕物——一个真正的女孩子。有许多都市女孩子已经是装模作样的早熟女人，算不得孩子。有许多女孩子只是浑沌（混沌）痴顽的无性别孩子，还说不上女人。方鸿渐立刻想在她心上造个好印象。"

这一幕，就是《围城》中方鸿渐第一次见到唐晓芙而怦然心动的场景原型，虽然彼此只是稍作寒暄就各自离去，却又好似姻缘前定，两个不谙情事的人只此匆匆一面的偶然相逢，就再也难以相互忘怀。

入骨相思知不知

这对费孝通而言,不得不说是"成也孙令衔,败也孙令衔"。

后来,尽管孙令衔多次告诉表兄杨季康有男朋友,但钱锺书还是对那个优雅娴静的姑娘念念不忘,定要向她表明自己爱慕的心意才肯罢休。很快,他就写了一封书信给阿季,约她出来见面,同样地,阿季也很欣赏他的才华,自是欣然答应下来。

没有过多考虑,钱锺书开口第一句话就迫不及待地向她表明了自己的婚恋状况:"外界传说我已经订婚,这不是事实,请你不要相信。"

这厢,杨绛也舍去了姑娘家的矜持,赶紧澄清自己身上的流言蜚语:"坊间传闻追求我的男孩子有孔门弟子'七十二人'之多,也有人说费孝通是我的男朋友,这也不是事实。"

这一段一点也不含蓄的对话,看似直截了当得叫人觉得好笑,但是细细想来却又饱含青涩的诚意。或许这两个年轻人自己也没有想到,几十年之后,他们在古月堂前初见的故事,竟成了"一见钟情"的教科书式的范例,被后人传为一段经典的佳话。

夫妻该是终身的朋友,夫妻间最重要的是朋友关系,即使不是知心的朋友,至少也该是能做伴侣的朋友或互相尊重的伴侣。情人而非朋友的关系是不能持久的。

杨绛对婚姻的解读从某种程度上也反映她与钱锺书的关系。

第二章 跨越万水千山,只为向你靠近

仿佛是命中注定的相逢,仅有一面之缘的两人之间没有丝毫陌生的尴尬,反而一见如故,侃侃而谈,恰巧他们在文学上又有着共同的爱好和追求,美好的第一印象和愉快的交往气氛都使他们情愫互生。人言常道"一眼万年",用来形容此二人的初遇,怕是再恰当不过了。

"他放假就回家了,我难受了好多时。冷静下来,觉得不好,这是fall in love了。"

从此两人便开始鸿雁往来,甚至越写越勤,到了一天一封的地步,迟钝的杨绛这才觉出彼此的心意,开始了他们长达六十余年的爱情生活。

在校园恋爱中,最幸福的画面是什么?

一番精心的梳妆打扮后,她满心欢喜地向宿舍楼下走去,还没有迈出大门,就能远远地望见门外许多焦灼等候的身影,有的在原地来回踱着小步,有的仰头望着楼上明亮的灯光,有的则与一旁相识的好友轻声交谈,不约而同的是,他们的眼中都是热切的期盼。

她轻巧地加快了步子,小跑着走到门外。经年的路灯下,光线晦暗,枝杈斑驳,人影都错落交织在一起,但她从不需要呼喊他的名字,仅仅凭着默契和熟悉,就能立刻在纷乱的光影之中找到属于自己的爱情,然后婷婷袅袅地踱步去,那头,他也像有所

感应似的，微笑着迎了过来。

然而好景不长，他们形影不离的生活只持续了一年。

到了1933年的夏天，钱锺书毕业了，他面临着就业或者继续留校进修的抉择。当时，他的父亲在上海光华大学担任中文系主任，他便应了父命，前往光华大学任教。而杨绛刚入清华不久，为了完成学业，只能继续留在北平读书。

如此，他们迎来了相恋之后的第一次分离。

在科技当道的如今，即使人们发明了快捷的网络，利用方便的视频和通话，仍旧难以解决异地恋情的相思之苦，更何况在那个连交通都不甚便利的时代，墨迹斑斑的书信是他们两地交流的唯一途径。

钱锺书抵达上海之后，很快就适应了大学教师的身份。白日里，他在学校里备课、讲课，无不得心应手，唯独到了夜间，却是一个人辗转反侧，难以入睡。

良宵苦被睡相谩，猎猎风声测测寒；如此星辰如此月，与谁指点与谁看。

困人节气奈何天，泥煞衾函梦不圆；苦雨泼寒宵似水，百虫声里怯孤眠。

夜深人静的时候，连林里日日欢唱的鸟儿都睡了去，唯有窸窸窣窣的虫声还伴着寂寞难耐之人。他时常背手枕在头下，窗外

第二章 跨越万水千山，只为向你靠近

闪烁的星光总叫他想起季康水汪汪的眼睛，一颦一笑都好像会说话似的眼睛。一阵风吹过，他仿佛回到了清华园的小湖边，清华的风那么柔，时常将阿季的发梢轻轻扬起，她与其他爱美的女子不同，总爱留着一头清爽的短发……

他不禁忆起昔日与季康在清华园里漫步谈笑的时光，他们两人都偏好文学的话题，经常有异口同声的一拍即合，也有过相持不下的热烈讨论，话匣子一打开就停不下来。如今想来，若是阿季能在他身旁，与他一同欣赏这星月美景该有多好，哪怕是被她面带坏相地讽上几句，也是何其的幸福。

几番思绪涌上心头，他更是了无睡意，倒不如给季康写封信去，聊表相思之苦。想到这，他干脆起身和衣，点上一盏寂寥的灯，就着幽幽的光线，信手为她写起古体的情诗。

著甚来由又黯然？灯昏茶冷绪相牵。春阳歌曲秋声赋，光景无多复一年。

海客谈瀛路渺漫，罡风弱水到应难。巫山已似神山远，青鸟辛勤枉探看。

分别的许多个夜晚，他都这样在相思中度过，他写了许多信寄往北平，字里行间无不夹杂着思念之煎熬，寂寞之痛苦。

奈何，远方的心上人偏是不喜欢写信的，任他的诗虽做得再好，他的信寄得再勤，能够收到来自季康的回信也不过寥寥几

封,这种付出和回报的不平衡让钱锺书很是委屈。

缠绵悱恻好文章,粉恋香凄足断肠;答报情痴无别物,辛酸一把泪千行。

依穰小妹剧关心,髻瓣多情一往深;别后经时无只字,居然惜墨抵兼金。

他在诗句里悲切地控诉了杨绛的行为:我这厢深情款款,为你作情诗无数,字字句句都是情真意切,一往情深,却不想别离之后你的回信是少之又少,简直是惜墨如金!

钱锺书对杨绛的行为可谓是又气愤又无奈,甚至一直"耿耿于怀",乃至于他在几年后出版的著作中,还念念不忘地要提一提这段往事——《围城》里的唐晓芙也是不爱写信的。

中国传统的婚姻价值观讲究"门当户对",在这一点上,钱锺书与杨绛的出身是极为相似的,他们同是江苏无锡人,各自的家庭也都是有名的书香门第。

君到姑苏间,人家皆枕河。故宫闲地少,水巷小桥多。

在那个年代,说起人杰地灵的苏州,就不得不提声名显赫的杨家,家主杨荫杭是当时著名的律师,他在年轻时曾赴美日两国留学,获得宾夕法尼亚大学法学硕士,回国后创办了无锡励志学社和上海律师公会,不仅担任过上海申报编辑,还历任了江苏省高等审判厅厅长,浙江省高等审判厅厅长等权高位重的职位,在

第二章 跨越万水千山，只为向你靠近

律政界乃至文学界都是鼎鼎有名的大家。

钱家也同样是大门大户，钱锺书的父亲钱基博是近代著名的古文家，曾先后担任过圣约翰大学、光华大学、清华大学、浙江大学等校的教授，他毕业之后选择离开北平去到上海就业，也是听从了父亲的安排。

虎父无犬子，早在中学时期，他就曾代替父亲为钱穆的《国学概论》一书作序，后来书出版的时候对他的文章一字未改，可见其文学水准之高。但是，和大部分的文科天才一样，钱锺书在学习上的偏科现象非常严重，数学成绩简直惨不忍睹。因为这一点，他险些错过了与爱人结识的机会。

在报考清华的入学考试中，他的数学只得了15分，导致总分排名落后，本来是没有入学资格的，但他的英文水平高得令人叹为观止，中英文更是拿了满分的好成绩，时任清华大学校长的罗家伦不忍人才流失，这才将这位奇才破格录取。

这样出色的孩子，在父亲钱基博眼中自然是家门的骄傲，这不，钱锺书一毕业，就被安排到了父亲身边，而他在光华大学任教期间优异的表现更是为父亲脸上添了不少光。除了工作上的好成绩，观察入微的钱父还注意到了儿子在生活上的异样。自来到上海后，儿子就总是心不在焉，早晨精神也不佳，加上与人书信来往密集，老先生自然是看出了端倪，便寻着适当的时机，也顾

入骨相思知不知

不得礼仪,擅自拆了一封北平寄来的信:

"现在吾两人快乐无用,须两家父亲兄弟皆大欢喜,吾两人之快乐乃彻始终不受障碍。"

原来那封信是杨绛写来和钱锺书讨论婚嫁问题的,其言辞温柔,文采斐然,使得钱父对这位知书达理的姑娘大加赞赏,还提笔给她回了一封信,毫不吝啬地夸奖她明理懂事,并且主动联系了尚不知情的杨家父母,郑重其事地表示愿意接纳季康作为自己的家人。

没多久,早年相熟的双方父母便遵循旧礼,完成了提亲、说媒、设宴的种种步骤,还邀请亲朋好友为两人举行了订婚的仪式。倒是教两个自由恋爱的年轻人忙得一头雾水。

"我茫然不记得'婚'是怎么'订'的,只知道从此以后,我是默存的'未婚妻'了。"

可惜生活并没有给他们太多温存的时间,订婚仪式过后,他们又回到了"一个在北平念书,一个在上海任课"的异地恋模式。

销损虚堂一夜眠,拼将无梦到君边。
除蛇深草钩难着,御寇颓垣守不坚。
如发鬈梳终历乱,似丝剑断尚缠绵。

第二章　跨越万水千山，只为向你靠近

风怀若解添霜鬓，明镜明朝白满颠。

短暂的相会后，相思之情更是浓厚。其中，这首《不寐从此戒除寱词矣》就是钱锺书最得意的作品。此诗不仅文辞典雅，情深意切，奇妙的是，其颔联二句都是出自提倡"禁欲"的教派，"除蛇深草钩难着"出自佛经，"御寇颓垣守不坚"则出自宋明理学家。然而，钱锺书却能化腐朽为神奇，巧妙地将之转化成传达相思的爱情宣言。

1935年，钱锺书以第一名的成绩取得了英国庚子赔款公费留学生的机会，可以赴英国牛津大学艾克赛特学院英文系留学。此时，杨绛正临近毕业，为了跟随爱人的脚步，她以论文形式代替考试，提前一个月离开了校园。

从今以后，咱们只有死别，不再生离。

同年7月，他们在两家分别举行了西式和中式两场婚礼。8月就双双离开苏州，从上海起航，去英国开始了婚后的新生活。

人们都说，恋爱中的人智商会下降，这又何尝不是向爱人示弱的一种方式呢。女孩们丢三落四的傻傻样子，犯错之后慌慌张张的柔弱神态，总能激起男孩保护对方的强烈欲望，这时候，他们都愿意把女孩护在身后，出面解决所有的难题，然后宠溺地对她叹一句"你怎么总是拙手笨脚的"。和女孩不同，男孩们都是

极好面子的,他们几乎从来不在人前露出软弱无能的一面,小小的缺点和偶尔的脆弱也只愿意在最亲密的人面前展露。

如果说女子的爱情大多基于崇拜而生,那么杨绛对于钱锺书的儒雅和才学或多或少也有几分崇拜之情,直到两人远离家乡之后,她才知道,原来这个鼎鼎大名的文学才子生活都不能自理。

他不仅分不清左右手,还不会系鞋带上的蝴蝶结,甚至连拿筷子也是一手抓,在生活上完全失去了翩翩的风度,反倒成了一个什么也不懂的小孩子,处处依赖着她。

可杨绛自小在父母的宠爱下长大,是个娇生惯养的大小姐,本就连自己都照顾不好,事到如今却要照顾起这个笨拙的大男人,实在叫她哭笑不得。

卷袖围裙为口忙,朝朝洗手作羹汤。
忧卿烟火熏颜色,欲觅仙人辟谷方。

为了爱人,杨绛毅然卷起袖子,穿上围裙,那双不曾沾染阳春水的纤纤玉手掠过厨房的每一个角落,那张仿佛用红花和雪滋养成的娇柔面容也渐渐染上了烟火的气息,她抛下了淑女小姐的架子,坚强地担起了为人妇的重责。这一切,钱锺书都看在眼里,更是疼在心里,直要去找个山野的仙人求一个辟谷的方法,

第二章 跨越万水千山，只为向你靠近

才好免去妻子日日做饭的辛苦。

虽然生活不易，但在欧洲的几年，是他们生命中最幸福的时光。牛津的校园里有安静的环境和浓厚的学习氛围，古老的图书馆里有经典的巨作和古老的绝本，空旷的街道上都是漂亮的欧式小房子和友善的路人，两人携手同行，书香四溢，岁月静好。

1937年，钱锺书以《十七十八世纪英国文学中的中国》一文获牛津大学艾克赛特学院学士学位后，便随杨绛去往法国巴黎大学从事研究工作。

在浪漫之都，他们拥有了自己的第一个孩子。杨绛住院养胎期间，"被惯坏了"的钱锺书只能一个人艰难地过日子，因为对料理家事没有经验，到产院探望妻子时，常常会苦着脸认错说："我做坏事了。"

他打翻了墨水瓶，把房东家的桌布染了。我说："不要紧，我会洗。""墨水呀！""墨水也能洗。"他就放心回去。然后他又做坏事了，把台灯砸了。我问明是怎样的灯，我说："不要紧，我会修。"他又放心回去……

我说"不要紧"，他真的就放心了。因为他很相信我说的"不要紧"。

杨绛用了两年的时间，才从杨家的小小姐蜕变为钱家的"不要紧"女士，她没有想到的是，在这生育前的短短的几个月里，

家中那个向来不能自理的书呆子，通过充分的锻炼，也变成贤惠的家庭煮夫。

5月，他们的女儿在巴黎顺利降生，他们为她起名为"圆圆"，取一个圆满之意。

就在妻女出院的那天，钱锺书帮他们叫了车，自己悄悄回到寓所炖起了鸡汤，还亲手剥了碧绿的嫩蚕豆瓣放入汤中。等到安顿好妻女，才小心翼翼地把鲜美浓郁的鸡汤盛在碗里，端给辛苦生育的爱人，让杨绛又惊又喜，直叹道："钱家的人若知道他们的'大阿官'能这般伺候产妇，不知该多么惊奇！"

置家枉夸买书钱，明发沧波望渺然。背羡蜗牛移舍易，腹输袋鼠契儿便。

相传复楚能三户，倘及平吴不廿年。拈出江南何物句，梅村心事有同怜。

1938年，一家三口回到了当时硝烟四起的祖国，因为战乱几经颠簸。

钱锺书先后任教于清华大学、震旦女子文理学校和上海暨南大学，其间完成了《谈艺录》《写在人生边上》的写作，短篇小说《人兽鬼》、长篇小说《围城》、诗文评《谈艺录》也相继出版，他的每一部作品都引起了很大的反响。

在照顾阿圆之余，杨绛也一直潜心研究，先后创作了剧本

第二章 跨越万水千山，只为向你靠近

《称心如意》《弄假成真》《游戏人间》等，并相继在上海公开演出，由她翻译的第一部中文版《堂吉诃德》至今无人能超越。

"我们这个家，很朴素。我们三个人，很单纯。我们与世无求，与人无争，只求相聚在一起，相守在一起，各自做力所能及的事。碰到困难，我们一同承担，困难就不复困难。我们相伴相助，不论什么苦涩艰辛的事，都能变得甜润。我们稍有一点快乐，也会变得非常快乐。"

直到1997年，爱女钱瑗因病去世，这个其乐融融的家庭仿佛失了平衡的一角，次年12月19日，钱锺书先生因病在北京逝世，享年八十八岁。

我一个人，怀念我们仨。

2003年，杨绛出版作品《我们仨》，在书中以简洁而沉重的语言，事无巨细地讲述了先后离她而去的女儿、丈夫之间的种种，回忆一家三口那些艰难而快乐的日子。

忆锺书

与君结发为夫妻，坎坷劳生相提携。
何意忽忽暂相聚，岂已缘尽永别离。
为问何时再相见，有谁能识此天机。

入骨相思知不知

家中独我一人矣。

2016年5月25日凌晨,杨绛病逝,享年一百零五岁。

至此,"我们仨"再无分离之苦。

朱生豪致宋清如：
醒来觉得甚是爱你

朱生豪与宋清如，十年相恋，两年相守，他们的爱情简单到就像是一池清水、一缕清风，根本就不存在点滴杂质。

我们常见的爱情里的分分合合、朦胧不清的暧昧甚至第三者的插足都与他们的爱情全然隔绝，朱生豪从初见就将清如奉为自己情感世界中的女王，在越来越近、越来越久的接触中更是完全爱上了她的优点与缺点，两人的关系在时间的发酵下不断升华浓郁，直到都将对方视为自己灵魂相交的知己。这一份深情，本就是千千万万人所求而难以所及。

在民国这样一个特定的时代环境里，他们二人一方面是受到东方古典文化熏染的儒生、一方面又是最先阅览西方经典的新式青年，难免思想格外活跃一些、理想也格外纯粹一些。

相似的文化背景，相同的兴趣追求总是容易吸引人相识相交，骨子里都是翩翩君子，以诗会友，总归是有一些淡如水的意蕴在其中，所以他们的感情才会像蝉翼一般透彻、像江南青梅一样清爽，叫人心生向往。

在相识之后的十二年间，朱生豪写给宋清如的情书多达数百封，正是这份爱情留给后人最宝贵的精神财富。

在这里，他像一个孩子一样讲述着自己陷入爱情之后的喜与悲，他向自己最心爱的女子讲述着一首诗、一本书、一部电影以及一日心情，这些甚为调皮的语言看似稚嫩朴素，实则有着洗净铅华之后独特的纯与真。在现实中木讷沉默的朱生豪，在信中却是天真活跃、幽默多情，他将自己生命中所有的热烈，都交给了文字，交给了信笺另一端的女子。

朱生豪为人所知，乃是因为他是国内最早翻译莎士比亚的大家，他所译注的莎翁文集别具一格，自有不可忽略的独特魅力。译莎在他本就短暂的生命里占据了极大的比重，他甚至因为这繁重的工作劳累过度、重病去世。可是译注无论如何都要以尊重原著为第一要务，所以个人的情感与思想只能一再收敛，深深地隐藏。

而信件则是截然不同的另一种文字表达方式，他面对自己最喜爱的女子，恨不能将所有奔涌的情绪都投注于纸笔，字里行间所流动的情感正是发自肺腑不经任何加工雕琢的原始存在。这些信件简直就是他心灵的乐章、生命的绝响。

这样火热的文字，注定是要灼伤每一个用心品读的读者，让

第二章 跨越万水千山，只为向你靠近

人为之惊叹、为之喜悦、为之忧伤。如此美好的爱情，就像雨后初霁、破云而出的那一抹日光，总能让人心怀希望。

朱生豪于1912年出生在浙江嘉兴一个没落的小商人家庭，生活条件本就不算优越，十岁丧母，紧接着父亲也在两年之后患病去世，朱生豪与年幼的弟弟成了孤儿，靠着父母微薄的遗产与家族亲戚的照料长大成人。

他一度自称为"一个古怪孤独的孩子"，在老师朋友的眼中也一贯都是沉默的形象，这种性格的养成自然与他的生活环境和人生经历密切相关。

1929年朱生豪从嘉兴秀洲中学毕业，因为成绩优异被保送到杭州之江大学享有奖学金待遇，爱好文学的朱生豪在大学二年级就加入了"之江诗社"，当时的社长正是有"一代词宗""词学宗师"之称的夏承焘先生，他对这个安静却才华横溢的年轻人颇多赞誉，曾经评价朱生豪说："阅朱生豪唐诗人短论七则，多前人未发之论，爽利无比。聪明才力，在余师友间，不当以学生视之。其人今年才二十岁，渊默若处子，轻易不发一言。闻英文甚深，之江办学数十年，恐无此不易之才也。"

如此赞扬、欣喜与赏识之情显而易见。

在之江大学的最后一年，朱生豪正是在诗社活动中认识了宋清如。

入骨相思知不知

宋清如于1911年出生在江苏常熟一个富豪之家，生活无虞又受到良好的启蒙教育，从小就显露出高于常人的才情与灵气来。她可谓是一个为读书而生的女孩，极具个性，曾言"不要嫁妆要读书"，在与家庭经历一番抗争之后，分别在苏州的慧灵女中、女子中学完成初中、高中学业，然后于1932年进入之江大学攻读中文系。

金风玉露一相逢，便胜却人间无数。

在此之前生活轨迹截然不同的两个人，在此之后却越来越靠近最终变得密切难分。

两人因诗结缘，在已经出版的《寄在信封里的灵魂》一书的序言里，宋清如回忆起两人的初相识："在我初次参加'之江诗社'的活动中，偶然地认识了他……那天'诗社'活动，我别出心裁地写了首宝塔诗，作为参加诗社的见面礼。不意这个'诗社'的诗人们，不少是诗词能手。他们交流的作品，不是诗就是词（古体诗词），可我连平仄都辨不出来。于是宝塔诗无异成了怪物。当时彭重熙（生豪同班友人，词极好）看了宝塔诗后，就推给坐在他旁边的朱生豪看。我注意到，朱生豪看了之后，带着微笑把头低了下去，既没有说话，也没有表情。事后，也许是三五天之后，他给了我一封信，附有他自己的三四首新诗请我指正。我给了回信。这就开始和他有了信件来往。"

第二章 跨越万水千山，只为向你靠近

不知那首怪物一样不分平仄的宝塔诗究竟如何，不过想来，那时的清如年华正好，就像是五月江南烟雨中一粒涩涩的青梅，恰巧投进了朱生豪萌动的心潮里，涟漪骤起，悸动难平。

他看着这女子如墨的青丝、娇俏的容颜以及微微泛红的脸色，似乎能够看到她一纸诗文背后灵秀多情并且坚韧聪慧的灵魂，他知道，自己的宿命到了。

一向不善交际的朱生豪居然会主动给人家写信，谈论诗词不假，他的用意却绝对不是谈论诗词而已。一个孤独惯了的人主动把心扉敞开，主动向初相识的姑娘吐露心怀，他定是一见钟情了，这样简单而赤忱的人，从来都没有想过要把自己火热的感情隐藏起来，他爱她，就是要让她知晓。

不久后，朱生豪之江大学毕业，要去上海世界书局任职。离别之际，他将1932年秋创作、1933年夏完稿的三首《鹧鸪天》赠予宋清如：

"其一：楚楚身裁（身材）可可名，当年意气亦纵横，同游伴侣呼才子，落笔文华洵不群。招落叶，唤停云，秋水朗似女儿身。不须耳鬓常厮伴，一笑低头意已倾。

其二：忆昨秦山初见时，十分娇瘦十分痴，席边

入骨相思知不知

款款吴侬语，笔底年年推子诗。交尚浅，意先移，平生心绪诉君知。飞花逝水初无意，可奈衷情不自持。

其三：浙水东流无尽沧，人间聚散易参商。阑珊春去羁魂怨，停手征车送夕阳。梦已散，手空扬，尚言离别是寻常。谁知咏罢河梁后，刻骨相思始自伤。"

之江诗社上的相逢，这个娇瘦痴情、楚楚身材的女子就已经让他动了心。写初见，他说"一笑低头意已倾"，这世间有什么会比小女儿娇羞的垂眸低首更动人，那样的羞怯、那样的青涩，如杨柳枝浮动湖水一样柔情款款、如冰雪消融时刚刚探头的草尖一样撩拨人心弦。

切磋诗文的信件交流更是让二人有了更深的了解、更多的交流。写相识，他说"交尚浅，意先移，平生心绪诉君知。飞花逝水初无意，可奈衷情不自持"，爱情就像是有魔力一般，能够吸引两个年轻人不断向彼此看尽，于千千万万人之间，恰好遇到另一个自己，该是多么幸运！所以才会在尚浅的交情里急切地交了心，大概是想把未遇见你前的自己全部说给你听吧。

自古诗文都是穷而后工，离愁别绪原就容易激越人心怀，更何况两人都是才思敏捷的诗人，不足一年短暂的相遇就遭逢离别,自然让朱生豪难以接受。本以为离别只是寻常,在挥手送别之后就能各自天涯各自安好,谁曾料刚刚不见伊人的身影,就已觉得相思刻骨、愁肠难续。

从相逢到相离别,短短三首词所包含的情感内容不可说不丰富,其中的情与痴,只可慢慢悟。

1933年朱生豪毕业,到上海世界书局工作,宋清如则继续在之江大学进修,离别让两个人更清醒地认识到了自己内心深处的感情,距离迫使他们只能通过书信互诉衷肠,这个尚不明朗的恋爱阶段正是因为它特有的青涩、朦胧而别具魅力。

他像宋清如解释自己对她的爱:"我没有和平常人那样只闹一回恋情的把戏,过后便撒手了的意思。我只希望把你当作自己弟弟一样亲爱。论年岁我不比你大甚么(什么),忧患比你经过多,人生的经验则不见比你丰富甚么(什么),但就自己所有的学问,几年来冷静的观察与思索,以及早入世诸点上,也许确能做一个对你有一点益处的朋友,不只是一个温柔的好男子而已。"

"我并不要你也爱我,一切都出于自愿,用不到你不安,你当作我是在爱一个幻像(幻象)也好。就是说爱,你也不用害怕,我是不会把爱情和友谊分得明白的,我说爱,也不过是纯粹的深切的友情,丝毫没有其他的意思。"

入骨相思知不知

这种更重视友情、一切处于自愿、做一个有益处的朋友的态度贯彻了二人数十年的交往,他们俩对爱情和婚姻保持着同样的理想态度,都是不婚主义,都是向往自由的理想青年。正因为这种观念的统一、这份初心的保持,两人才能在长达十年的岁月里,依旧持有对彼此忠贞并且热忱的爱慕。他们的相爱,更像是一场灵魂的际遇,遇到一个能完全懂得自己的人,不强求、不放弃,是多么难得的事情。

两人通信的一开始,朱生豪愉悦和放达的一面就展露无遗。

有一个甚是可爱的小插曲,足以看到朱先生内心深处的天真与澄澈。他在无意之间忘掉了将清如的信件置于何处,花了很久的时间也没有找到,于是懊恼烦躁得不行:"顶倒霉的是,你的信昨夜没有藏好,不知一放放在什么地方,再找不到,怨极了,想死。——伤心的保罗"。

后来,又突然想到了可能存放在何处,并且果然在所想的地方找到了这些信件,他如获至宝一般瞬间达到了极致的欢喜:

> 就是怎样欢喜,一个人只要有耐心,不失望,终会胜利的。找了两个黄昏,悻然的翻了一次又一次的抽屉,夜里睡也睡不着,就是失去了我的宝贝。今天早晨在床上,想啊想,想出了一个可能的所在,马上起来

第二章 跨越万水千山，只为向你靠近

> 找，万一的尝试而已，却果然找到了，找到了！我知道我不会把它丢了的，怎么可以把它丢了呢？
>
> 我将更爱你了，为着这两晚的辛苦。
>
> ——快乐的亨利

前后悲喜的巨大转折正好可以看出朱生豪对这些信件的重视程度，这是他们爱情的见证，是可以到老了以后慢慢回想的共同记忆，差一点把信弄丢，所以他自是无限怅惘烦怨，恨不得随着消失的信件一并消失。

直到找到书信，他又满篇洋溢着自得和骄傲，自夸自己绝不会把信丢失。情感如此鲜明，倒不像是已经历经世事的成年人，而是天真纯粹的孩童，吾心即是世界。甚至连他的落款也在伤心的保罗与快乐的亨利之间自由切换，细微处最能见得一个人的品格，在宋清如面前，他就是一个渴望被爱的孩子。

毕加索说："我能用很短的时间就画的像一位大师，但我要用一生去学习画得像一个儿童。"童心的纯真与美好总是为文人所称道，然而在俗世浮沉，在欲念的世界里行走，保持童心就成了一件分外困难的事情，所以回归童真的艺术作品也就格外能够打动人心，臻于至境。

朱生豪的情书里，最多的就是随性流露的童真之语，这些语

入骨相思知不知

言文字直白简单,丝毫没有雕琢堆砌之意,仿佛他怎样想就怎样表现在纸上,完全用不着加工,因为他的心灵已经足够美好了。

他说:"这里一切都是丑的,风、雨、太阳,都丑,人也丑,我也丑得很。只有你是青天一样可羡。"爱与追求终是让人在不经意之间就陷入卑微的境地,这世间一切都黯淡,唯有心上人是唯一的光亮。

他因为宋清如在一封来信里称呼他"先生"而甚为恼火,甚至想出了这世间最可爱的警告:"不许你再叫我朱先生,否则我要从字典上查出世界上最肉麻的称呼来称呼你,特此警告。"更是因此大发先生论,论说了各种人际关系中称呼先生的可能,指出清如这一种是略有疏远意味的。想来,宋清如收到这样一封又正经、又孩子气的信件定会忍俊不禁,莞尔一笑吧。

这佳人的笑颜和来信正是支撑朱生豪生活下去的参汤,包含了他所需要的一切营养和快乐:"你的来信如同续命汤一样,今天我算是活转来了,但明天我又要死去四分之一,后天又将成为半死半活的状态,再后天死去四分之三,再后天死去八分之七……直至你再来信,如果你一直不来信,我也不会完全死完,第六天死去十六分之十五,第七天死去三十二分之三十一,第八天死去六十四分之六十三,如是等等,我的算学好不好?"他把这些说出口可能会觉得轻浮、觉得戏谑的言语写在纸上,因为距

第二章 跨越万水千山，只为向你靠近

离感，更因为他的坦诚，反而让人觉得这是一个人再真诚不过的表白，是再正经不过的算术。

一封封信件的来去并不是了无痕迹的，而是像红线、像蚕丝一样在两个年轻人之间逐渐建立起某种稳固并且忠贞的关系来。他们在信里交换着自己的创作，互相切磋精进；他们在心里交流着对一部小说、一部电影的感受，借以寻找自己心灵的呼应；他们越来越了解彼此，也就一发不可收拾地陷入了爱情。

1935年8月，朱生豪曾到常熟宋家拜访清如的家人，这也是二人关系逐渐明朗的转折。而这一来一去的路上，朱生豪的心情发生了巨大的变化，甚至比诸多经典小说里的描写还要戏剧化。

在前往常熟的路上，他满心雀跃奔向自己心爱的姑娘，想着这里是生养她的地方，心中竟也生出无限的柔情和喜爱来："我怀着雀跃的似被解放了的一颗心，那么好奇地注意地凝望着一路上的景色，虽然是老一样的绿的田畴，白的云，却发呆似地头也不转地看着看着，一路上乡人们的天真的惊奇，尤其使我快活得感动"，就连粗俗的司机，他也能瞧出可爱的一面来。

然而短暂的相逢之后，离别来得如此之快，他在离开常熟的汽车上，陷入乌云的笼罩："回去就不同了，望了最后的一眼你，凄惶地上了车，两天来的寂寞都堆上心头，而快乐却全忘记了，我真觉得我死了，车窗外的千篇一律的风景使我头大（其实

即使是美的风景也不能引起我的赞叹了）。我只低头发着痴。车内人多很挤，而且一切使我发恼。"

一切景语皆情语，文学作品中常常用环境的变化来烘托人物角色的内心情感，然而这在心中再直白不过的吐露总是让人觉得格外真实，仿佛就身处那辆嘈杂的汽车上，看他满面雀跃地来，看他满眼倦容地离开。

朱生豪的确是真实得可爱。

1936年宋清如在之江大学毕业以后，进入湖州民德女中教书，此时的朱生豪远在上海，已经开始了译莎的工作。他们之间的信件来往不仅仅述说着思念，清如更是参与到他誊写译文的工作中来，两人朝着共同的理想携手并进。然而日寇的入侵打乱了一切，在战火中，朱生豪不仅遗失了他所收集的各种莎剧版本以及部分译稿，更是丢失了大量的信件和那个写信的人。当他短暂的逃亡之后再次回到上海，清如已经远离故土，辗转到重庆、成都等地，两人天各一方，就连多年来从未断绝的通信也被迫中断，大约半年以后才艰难恢复。

兴许就是这样的分离让他们受够了相思的滋味，让他们更加明确了对彼此的爱意。

朱生豪曾说"我想要在茅亭里看雨、假山边看蚂蚁，看蝴蝶恋爱，看蜘蛛结网，看水，看船，看云，看瀑布，看宋清如甜甜

第二章 跨越万水千山，只为向你靠近

地睡觉。"

他同时也说过"我想我唯一要训练自己的，便是'如果世上没有你这样一个人，怎样我也能活下去'的方法，因为不然的话，我只好每天躺在床上流着泪想你，再不用想做事情了。"

最纯粹的喜悦与最悲伤的想念浓缩在这两句话里，他因为心中有这么一个真切的爱人，所以觉得世间一切都是可爱的、都是令人欣喜的，他因为害怕得不到这样一份爱情而心有戚戚然。在那战乱分离的日子里，他定然有着无数次这样的想念和害怕，有着这样的盼望与流泪吧。

他常常在各种稀奇古怪的梦里见到自己心中的女孩，或是梦见她顽固地不理睬，或是梦见她进入了自己的城堡……日有所思夜有所梦一句话，在他身上上演了千千万万遍，光怪陆离中，唯一不曾改变的就是，醒来觉得更加爱她。

1942年，经过十年的爱情长跑，他们终于在而立之年步入了婚姻的殿堂，老师夏承焘为这对新婚伉俪题下"才子佳人，柴米夫妻"八个大字，这也正是他们婚姻生活的最佳写照。朱生豪不愿投身敌伪，将全部的精力都投入到翻译莎士比亚巨著的工作上，宋清如则独自承担起了所有的家庭琐事，这个被誉为有"不下于冰心女士之才能"的女诗人安心退居在自己丈夫身后支持他、陪伴他。

93

入骨相思知不知

婚后宋清如曾有一段时间独自回娘家小住,这是他们婚后第一次漫长的分离,据宋清如回忆,这将近二十天里朱生豪日日盼她回来,嘉兴阴雨绵绵,家中后园的梅花纷纷被雨打落,他就把这些花瓣收集起来,每捡一些,就在纸上写一段想念的话。等宋清如回家,已经集了一大堆花瓣,他也好几顿饭都没好好吃了……

就像朱生豪自己所说的那样:"要是我们现在还不曾结婚,我一定自己也不会知道我爱你是多么的深。"

而他所写的那篇盼望妻子回家的长信,才是真正如泣血一般惹人痛心,惹人怜悯。

他觉得这离别就像是酷刑:"心头像刀割一样痛苦,十八天了,她还是没有来。"

他嘴上说着不催促妻子归来,却始终半是甜蜜半是凄楚地抱怨着:"今年的春天,我们婚后第一年的春天,是这样成为残缺了,我为了思念你而憔悴。"

他说雨让他夜夜难以安眠,可若是有佳人相陪却是截然不同的光景:"昨夜一夜天在听着雨声中度过,要是我们两人一同在雨声里做梦,那境界是如何不同,或者一同在雨声里失眠,那也是何等有味。可是这雨好像永远下不住似的,夜也好像永远过不完似的,一滴一滴掉在我的灵魂上,无边的黑暗、绝望,侵蚀着

第二章 跨越万水千山,只为向你靠近

我,我夜夜做着噩梦。"

一颗诚惶诚恐的心就这样端在清如面前,让人怎能不回应给他同样的爱。常常在想,究竟是朱生豪本来就浪漫多情,还是因为陷入了爱情才格外温柔缱绻呢?

可惜美好的事物总归是短暂的。

因为连年的劳累、贫穷无医的环境、战乱动荡的社会背景,朱生豪积劳成疾,最终因病去世。彼时,他们结婚刚刚两年,他们的儿子尚在襁褓。

这样巨大的灾难几乎就要毁掉宋清如了,她在祭奠文字里泣泪泣血:"人间哪有比眼睁睁看着自己最亲爱的人由病痛而致绝命时那样更惨痛的事!痛苦撕毁了我的灵魂,煎干了我的眼泪。活着的不再是我自己,只似烧残了的灰烬,枯竭了的古泉,再爆不起火花,漾不起漪涟。"

然而她终究是坚强地挺过来了,抚养孩子和出版译稿成了她生命中最重要的事情,也是唯一的事情,直至她也离开人世。他们的儿子朱尚刚在回忆母亲晚年的时候,曾说宋清如在晚只专注于一件事情,就是塑造一个偶像——朱生豪。

他们的爱情不仅没有随着时间的流逝淡去,反而越发臻于纯净,直至成为跨越生死的唯一一件事情。

沈从文与张兆和：
我要傍近你，方不至于难过

1929年，在文坛上渐有声名的沈从文终于找到了一份足以饱腹的工作，在徐志摩的推荐下，他得到胡适的赏识，从而前往由胡适担任校长的中国中学任教，给当时的大学部一年级学生开设"新文学研究"和"小说习作"两门课程。他心心念念的文学艺术，终于给其带来了安身立命的资本，一个人与一杆笔的联系愈发密切。

这个在湘西清秀的山水中成长起来的乡下人，曾是凤凰城内最欢脱不羁的逃学大王，也曾经历了投身军旅行伍的热血时光，却始终没有能够从周遭的环境里汲取到震动灵魂的力量。

沈从文日益成年，却也在人生迷茫无措的泥沼中越陷越深，他不知自己究竟应该在何处建立事业，或者说，他根本就不知道能够激发自己兴趣、让自己为之付出一生心血的事情是什么。

直到在机缘巧合之下逐渐步入文学艺术的大门，他先是迷上了林纾翻译的西方文艺著作，而后又接触到诸多新文化刊物，文

第二章 跨越万水千山，只为向你靠近

学就好像是一个有魔力的漩涡，将他的眼，他的心都深深攥着，无法自拔，也从未想过抽身而出。

为着心中的梦想，沈从文选择离家北上，他需要深造的机会，他更需要展示的平台。

可现实就像是当头棒喝，从来都不留给寻梦人一丝一毫的柔情，先是递往燕京大学的求学申请被拒，随后更是因为没有名气无人提携而遭到屡次退稿，受经济条件的局限，沈从文只得租一间由储煤室改成的小屋，他将其戏称为"窄而霉小斋"，以笔为媒，艰难求索。

郁达夫的知遇、林宰平的赏识，丁玲、胡也频的切磋，甚至到学术界领军人物梁启超的结识，每一步跨越背后所付出的努力，个中辛酸滋味，想来只有从文自己可知。然而他终究是选对了方向的，随着越来越多的散文诗歌在《晨报副刊》《京报》等期刊报纸上发表，沈从文的名气也越来越大，他的文字也为越来越多的人所欣赏。

1927年，很多在京文人纷纷南下，沈从文也随之来到了上海，并且很快就在叶圣陶主编的《小说月报》上发表了小说，甚至与好友胡也频、丁玲办起了两家月刊社，出版《红黑》和《人间》月刊。至此，虽依旧缺乏稳定的职业，却也算在文教界有了一席之地，不至于忍饥挨饿，不至于再住进"窄而霉"的小屋。

入骨相思知不知

所以在徐志摩的推荐、胡适的赏识聘用之下,进入中国公学任教,就成了一件水到渠成的事情。

沈从文在中国公学的第一次登台,并不是一段愉快的经历,他呆呆地站在讲台上,数十分钟竟说不出来一个字,后面鼓足劲开讲,又把一个钟头的课程在十分钟内慌乱结束,这样生涩的第一堂课甚至受到了学生的投诉。

然而后人无从得知,在那紧张到无法言语的十分钟内,沈从文究竟想到了什么?

兴许是沅江的水、湘西的山、幼时所见的吊脚楼、苗银船歌突然都像有了生命一般,争先恐后想从文人的口中迸溅而出,想从桃源画卷中走向更为真实广阔的世界,而这记忆的主人,一时竟不知如何组织言语……

兴许是弃戎从文以来,无数个日夜的辛酸、艰苦以及实现梦想的喜悦都突然在这一刻涌上心头,他明确地知道自己的人生已经完全改变了方向,他意识到这一杆笔一张嘴将和自己的生命紧密相关,种种复杂的情愫在他脑海中缠绕,直至思绪滞碍,直至无语凝噎……

或许,纯粹是因为在这一刻,他遇见了一个正值最好年纪的她。只一眼,便知此生都将为伊人沉沦……

彼时的张兆和,是中国公学里有名的"黑牡丹"。

第二章 跨越万水千山，只为向你靠近

她出身富贵，张家是合肥有名的望族，兆和的曾祖父就是淮军主将、两广总督署直隶总督张树声，是清末重臣李鸿章的左膀右臂。到了其父张武龄时代，张家在合肥已经有良田万亩，是远近闻名的大地主，张武龄一改家族世代从政的传统，变成了一位积极推动女子教育的开明先生，曾用张家丰厚的家产创办平林中学、乐益女中，是苏州教育史上的名人。

在那样一个开放兼容的社会里，有一个致力于新式教育的父亲，四姊妹都是幸运的，她们身上完美地融合了旧式淑女的端庄典雅与新式女子的独立睿智，兆和无疑是这样的尤物之一。更何况十八岁的女孩子，涉世未深的纯真、活泼跃动的青春，本就是美好不可方物的存在。

兆和皮肤偏黑，面容清秀，加之身世良好、活力十足，在学校从来都不缺乏追求者，而这个情窦尚未初开的大小姐懵懵懂懂不知爱为何物，只觉得这些莫名其妙的追求有碍自己求学，因而略带戏谑地给一封封炽热的求爱信编号为"青蛙一号""青蛙二号"……从未给予回复。

"不知道为什么我忽然爱上了你。"

老师沈从文的情书飞到兆和手中的时候，她有点惊讶了，对那个在讲台上因为紧张而说不出话来的老师本身就没多少好印象，觉得他不过是写写白话文的青年人而已，哪里谈得上为人

师的风度和气魄。如今接到这样一封莽撞的来信,更是很难生出好感来,她将这一句的情书编为"青蛙十三号",静默,然后静默。

一个浪漫的文人捧着一颗火热的心前来,又怎会因少女的静默而放弃自己的追求。一封封情书雪片一样飞来,沈从文恨不能将天上星、云间月、松里风全都化作美好的诗句,用来叩开佳人的心扉。

"我很顽固的爱你,这话到现在还不能用别的话来代替,就因为这是我的奴性""莫生我的气,许我在梦里,用嘴吻你的脚,我的自卑处,是觉得如一个奴隶蹲到地下用嘴接近你的脚,也近于十分亵渎了你的"。他几乎要卑微到尘埃里去,用这种卑微的姿态来乞求兆和多一眼的回眸、多一点的青睐。

少有人能拒绝浪漫,何况是一个多情才子拼尽心血的浪漫,那句"我行过许多地方的桥,看过许多次数的云,喝过许多种类的酒,却只爱过一个正当最好年龄的人"完美得像是教科书一样,纵使不相干的人读来,也会感动得一塌糊涂。

可兆和偏偏是一个冷静到近乎冷漠的女子,她偶尔也会将这些美好的情书摘录在自己的日记中,却始终不对沈从文的追求有所回应,甚至觉得这样固执的单恋打扰到了自己的生活和学习,她不懂什么是爱情,自然也就不会懂得沈从文的喜悲。

第二章 跨越万水千山，只为向你靠近

数年如一日的追求、石沉大海一般的情感投入，将本就感性的沈从文折磨到几近疯狂，他甚至在一封热烈的来信中指明了将或自我毁灭的可能性。这样的爱成了兆和的负担，她承受不住一个人以生命相要挟的爱，也不想看到自己的老师为此犯下某些无法挽回的错误，兆和找到当时的校长胡适，希望他能够出面阻止沈从文对自己的追求。

文人惺惺相惜，胡适似乎比兆和本人更懂得这份感情的真挚，他劝兆和帮助接受从文的追求，甚至提出自愿前往张家做媒，兆和却表明自己"顽固地不爱他"。胡适这条路走不通，兆和只能默认老师的追求，或许这样热烈的感情，终会像流星一般急速陨落吧。

在那之后的日记里，张兆和反复述说着自己心底的小情愫，一方面，她鲜在自己周遭看到如此纯粹的爱情，所以略有怀疑一个诗人低回悱恻的爱；另一方面，她看着从文因为自己如此难过，年轻的心也会为此感动想要去安慰……或许她自己也不曾察觉，究竟是从什么时候起，"青蛙十三号"便会经常出现在自己的日记里，对他的感情，也日益复杂起来。

后来，因为胡适的离职，沈从文也离开了这个伤心地，到青岛大学任教。许是距离带来了意料之外的美感，许是漫长的追求逐渐占据了少女的心，他们二人之间的感情逐渐发生了好的

变化。

1932年，从中国公学毕业的张兆和回到了苏州老家，沈从文终于按捺不住心底的思念，拎着一大包西方名著来到了张家宅院。

先一步被打动的是兆和的家人，二姐的"做媒"，父亲的认可与宽容，都将三小姐兆和一步步送入沈从文的世界。在兆和的羞涩的回请中看到希望的沈从文写信给二姐允和，询问张家对婚事的态度："如爸爸同意，就早点让我知道，让我这个乡下人喝杯甜酒吧。"张父则开明地答："儿女婚事，他们自理。"

一封"山东青岛大学沈从文允"的电报就是从天而降的惊喜，最终宣告了沈从文对张兆和马拉松式的追求完美结束，随后，二人在北京中央公园宣布结婚。

一个是一见钟情，一个是日久生情，这对才子佳人的结合，只因为爱情。

他们两人之间最浪漫的信件应该是在湘行途中写下的那些，彼时新婚不久，沈从文的母亲病重，他只身回到故乡凤凰探望。一路走，一路给张兆和写信，这些情书犹如最澄澈的山涧清泉，犹如最轻柔的烟霞云彩，犹如最动听的琴曲鸟语，每一个字都发自肺腑、都在蜜一样的柔情里经过了文人别具匠心的发酵，直叫人读来唇齿生香，直教人心都被甘甜所充盈，让人心甘情愿地相

第二章 跨越万水千山，只为向你靠近

信爱情是世界上最美好的事情。

他在小船上写："我离开北平时还计划每天用半个日子写信，用半个日子写文章，谁知到了这小船上却只想为你写信，别的事全不能做。"

他在夜泊鸭窠围的时候写道："风大得很，我手脚皆冷透了，我的心却很暖和。但我不明白为什么原因，心里总柔软得很。我要傍近你，方不至于难过。但一个人心中倘若有个爱人，心中暖得很，全身就冻得结冰也不碍事的！"

他在泸溪的黄昏里写："你若今夜或每夜皆看到天上那颗大星子，我们就可以从这一粒星子的微光上，仿佛更近了一些。因为每夜这一粒星子，必有一时同你眼睛一样，被我瞅着不旁瞬的。三三，在你那方面，这星子也将成为我的眼睛的！"

有时候，一日之内竟能写出数封长信来，他和船夫吃得一尾鲜美的鱼。他在行船途中见到村庄里炊烟、青翠的山色。他所喜欢的湘西人的热情、独具地域风情的吊脚楼……所有的清晨黄昏、日月星辰他都写在文字里，细细地描绘给心里的她，如此，便好似一刻都不曾与心上人分离，他之所见即为伊人所见，他之所思正是伊人所思。这些配图的书简，丝毫不比精心设计的散文逊色，反而因为情真意切更加动人。

而一贯理性冷静的张兆和，也终于流露出来小女儿的痴情

态,她在回信里可爱地怨着风,担心着情郎:"长沙的风是不是也会这么不怜悯地吼,把我二哥的身子吹成一块冰?"

想来只有真心相爱的人,笔下才会流淌出如此自然又深情的言语吧。

爱情的甜蜜也促进了沈从文的创作,成了他取之不尽的灵感源泉。《虎雏》《边城》《湘行散记》等优秀作品均写作于与兆和相识之后,而他生命中的女神,更是成了其文学世界里的原型,从文甚至赞称自己的爱妻是"完全的人中模型"。

在《边城》里有一段十分经典的人物描写:"翠翠在风日里长养着,把皮肤变得黑黑的,触目为青山绿水,一对眸子清明如水晶。自然既长养她且教育她,为人天真活泼,处处俨然如一只小兽物。人又那么乖,如山头黄麂一样,从不想到残忍事情,从不发愁,从不动气。"这个在凤凰山水中孕育的女孩子,成为多少人梦中的初恋。

想来,从文第一眼所见到的张兆和,正是在风日里把皮肤养的黑黑的,一双眸子清明如水吧。所以"黑皮肤、眼眸清亮"才会成为沈从文小说里女主人公的标准配置。

似乎所有浪漫的爱情都难免会在柴米油盐的日常生活中被扯下神坛,逐渐磨灭掉最初的那份美好,沈从文与张兆和的爱情也是如此。

第二章 跨越万水千山，只为向你靠近

从1933年结婚到抗日战争爆发沈从文被迫南下昆明，四年时间，最初的缠绵悱恻已经淡去，两人于性格、于人事诸多方面的巨大差异渐渐显露出来，婚姻里的矛盾也初见端倪。两人的身世门第原就差别巨大，一个是湘西山里走出来的乡下人，一个是合肥张家精心培育的大小姐，生命最初所受到的启蒙教育本就截然不同：青山秀水养出了逃学大王沈从文的感性与热血，世家名门教出了大家闺秀张兆和的理性与冷静。

几乎是从结婚那日起，兆和就自然而然地承担起照料打理家庭的责任，作为教育程度颇高的新式女性，她丝毫没有大小姐的架子，为人妇之后更是整个人都投入到柴米油盐的日常生活中，她要应对一个家庭的收支，要面对一切琐碎而实际的问题。偏偏沈从文是一个浪漫到骨子里的人，典型的今朝有酒今朝醉的性格。他喜好古玩、为人慷慨，根本就不懂得未雨绸缪，也不会去考虑算计金钱往来上的事宜。

这样的两个人，自然会在各种人事关系上产生分歧，或许在矛盾的初期，浓郁的爱情尚能掩盖小小的罅隙，然而随着相处日久、激情退却，越来越多问题的堆积终将会造成难以挽回的灾难。

1937年日本入侵，沈从文和几个好友逃出北平辗转南下，妻子张兆和却未曾同行。

从文一次次来信，盼望并且催促妻儿能够南下同住，兆和却以极其平淡的语气一再拖延。这段时间的书信里，很少寻得如湘行时的浓情蜜意，却屡屡见得两人相互之间的猜忌指责。

张兆和多次责怪沈从文爱面子，说他"打肿脸充胖子""不是绅士而冒充绅士"，自己"这三四年来就为你装胖子装得够苦了"。这些金钱习惯上的纠葛还只是皮毛，兆和更是明白指出了沈从文性格上的缺点，说他"所见不远，往往顾此失彼，因此常会轻诺寡信"，这样严厉的批评让人不禁揣测，两人之间的矛盾究竟有多大，为何兆和所见皆是其不好的方面？

更有甚者，她批评从文的写作也是丝毫不留情面，说他"不适宜写评论文章，想得细，但不周密，见到别人之短，却看不到一己之病，说得多，做得少……"从文在她眼中从来都不是什么天才，而只是一个有着诸多缺点的固执的乡下人。可是，没有一点崇拜感的爱情，又怎么可能一直和睦如初呢？

所以在沈从文一路写信催促其南下时，她才会借口舍不得书信家居、舍不得孩子在颠沛中受苦、找不到合适的同行者和出行方式等等再三拖延，从文在越来越重的思念和越来越深的失落中不由得生出怀疑，甚至写下了诸如"我不滥用任何名分妨碍你的幸福……正因为爱你，若不能够在共同生活上给你幸福，别的方面我的牺牲能成全你幸福时，我准备牺牲"之类的言语。

第二章 跨越万水千山，只为向你靠近

1938年8月，从文在昆明写下了这样的话语："正当兵荒马乱年头，他人求在一处生活还不可得，你却在能够聚首机会中，轻轻地放过许多机会。说老实话，你爱我，与其说爱我为人，还不如说爱我写信。总乐于离得远远的，宁让我着急，生气，不受用，可不大乐意同来过一点平静的生活。"

他自嘲张兆和所爱的不过是一个写信的自己，从来都不是真实的自己，其中的凄凉意味不言而喻。或许，他早就意识到兆和有这样的倾向，却一直都不肯、也不敢承认。他将写信看作是二人爱情的宿命，为之倾注终生。

然而旁人终究无法得知张兆和究竟怎样看待这份感情。她的确是在情书中接触到从文的灵魂，为情书里热烈如火的爱情所打动、所吸引；她的确不止一次地倾诉自己将这些信件看的如何珍贵；她也的确"在能够聚首机会中，轻轻地放过许多机会"。爱从文写的信，爱写信的从文，两者之间的距离和差异本就不是旁人可以猜测、体味的。

即便在这样凄凉的自嘲中，张兆和还是拖到1938年底，才带着两个儿子赶到了昆明。许是为了保持某种距离感，把家安到呈贡，当时沈从文在昆明西南联大任教，每逢周末要"小火车拖着晃一个钟头，再跨上一匹秀气的云南小马颠十里，才到呈贡县南门"。

直到战争末期,沈从文一家才从昆明迁回北京。

彼时混乱的政治斗争中,沈从文遭受到了人生的重创,左翼文化界对他展开了猛烈批判:有人称他为"清客文丐""奴才主义者";有人则说他的作品颓废色情,是"桃红色文艺"。一生的心血为人所诟病、诬陷,本就令他痛苦万分,加之面临巨大的政治压力,沈从文积郁成疾,患上了严重的忧郁症。朋友们接他在清华园疗养,张兆和并未相陪,只是保持书信往来。

1949年1月,沈从文爆发出最惨痛的呓语:"没有一个朋友肯明白敢明白我并不疯……才真是把我当了疯子……我应当离婚了,免得累她和孩子……我可有可无,凡事都这样,因为明白生命不过如此,一切和我都已游离。这里大家招待我,如活祭……没有人肯明白,都支吾开去。完全在孤立中。孤立而绝望,我本不具生存的幻望。"

兆和依旧与之保持书信联系。

两天后,沈从文自杀未遂,被送入精神病院。

抑郁症治愈后,两人陷入长久的分居,虽都在北京却不同住。随后,在更大的政治运动中,张兆和更是主动与之划清界限,两个儿子也不懂得沈从文的为人和行文,他整个晚年都处在极端的孤独之中,或者说,他一生都处于灵魂的孤独中。

佳人,从来都不是知音。

第二章　跨越万水千山，只为向你靠近

张家二姐张允和曾在《从第一封信到第一封信》里记录过这样一幕：1969年，沈从文下放前夕，站在乱糟糟的房间里，"从鼓鼓囊囊的口袋中掏出一封皱头皱脑的信，又像哭又像笑对我说：'这是三姐给我的第一封信。'他把信举起来，面色十分羞涩而温柔——接着就吸溜吸溜地哭起来，快七十岁的老头儿哭得像个小孩子又伤心又快乐。"

将近四十年过去，他依旧羞涩而温柔，谁都不能否定这份爱情对从文的重要性。然而他哭得又伤心又快乐，究竟是开心得到了爱情，还是伤心不该顽固地爱着她？

1988年5月10日下午，沈从文心脏病复发，抢救无效去世。

沈从文去世后，张兆和着手整理其书稿，在《从文家书》的《后记》里，她留下了一段让后人感慨不已的话：

> 从文同我相处，这一生，究竟是幸福还是不幸？得不到回答。我不理解他，不完全理解他。后来逐渐有了些理解，但是，真正懂得他的为人，懂得他一生承受的重压，是在整理编选他遗稿的现在。过去不知道的，现在知道了；过去不明白的，现在明白了。……越是从烂纸堆里翻到他越多的著作，哪怕是零散的，有头无尾，有尾无头的，就越觉斯人可贵。太晚了！

入骨相思知不知

> 为什么在他有生之年，不能发掘他，理解他，从各方面去帮助他，反而有那么多的矛盾得不到解决！悔之晚矣。

她在沈从文去世后，透过那些泛黄的书稿终于逐渐懂得了自己的丈夫，可惜，斯人已去，悔之晚矣。

这段爱情究竟是幸运还是不幸，又哪能够说得清楚？幸运他们在最好的年纪里相爱，不幸他们相伴一生却不能相知？终究不过是后人的揣测与评判，爱情它从来都是两个人的事情，从来都是不讲道理的存在。

突然想到一句诗，"人生若只如初见，何事秋风悲画扇。"

想来，若是没有遗憾，又怎会有这样缠绵的故事、浪漫的情诗。

瞿秋白致杨之华：
梦中的你是如此之亲热

民国时候的大学，应该就是理想中的象牙塔。

彼时的中国正处于新旧世纪交替的特殊时期，最先进的西方文明以不可阻挡的态势奔涌进古老的东方国度。最先受到感染的就是目光长远的有志文人，他们多在传统文化的浸润之下成长，渐渐形成自己思想体系的时候，遇到了璀璨的西方文明，他们最先在书卷中发现了救国救民的良方，迫不及待要把自己的所见所闻翻译、传输进来。

他们正是寻梦的一代。

彼时留学的有志青年都已经归来，文学、思想都迅速地呈现出井喷式的繁荣，各种报纸期刊像是春日繁花一样精彩绽放、各种流派团体则像雨后春笋一般层出不穷，这样的时代氛围成就了诸多高等学府。各大学校争先邀请最具代表的学者前来讲学，所囊括的也是追逐理想报效家国的热血青年，这里汇聚了最先进的思想，发生着最睿智的交流，这里是公平、文明、自由的代名词。

然而在象牙塔之外,却是一个黎明前最黑暗的时段,一个国家一个民族正在自己涅槃的火焰中挣扎,不知前往何处才会是坦途。

能进入高等学府的大多数人,都是孤独的寻梦者,他们与自己落后的家庭斗争、与专制的政府斗争,踽踽独行于世。只有同窗、师生是难得的同路人,追求相同、眼界相当,才会催生出最精彩的辩论、最深入灵魂的交谈。

友情、甚至爱情,都是健康光明的萌芽。

师生恋,同样是不失美好的存在。比如沈从文与张兆和、鲁迅与许广平,还有瞿秋白与杨之华。

1923年4月,在李大钊的推荐下,瞿秋白出任上海大学社会学系的教务长。他为社会学系设置了近四十门课程,课程设置可谓是学贯中西、博古通今,力求尽最大努力扩大学生的知识面,同时在教授的过程中格外注重基础知识训练,注重理论联系实际。他自身则主讲《社会学》《社会哲学概论》《现代民族问题》等课程,对马克思主义哲学在中国的理论建设做出了开拓性和奠基性的工作。

彼时的上海大学,有着极其优秀的讲师团队:沈雁冰讲外国文学,蔡和森讲社会进化史,俞平伯讲宋词,张太雷讲苏俄革命问题……每一个人都是精益求精的大学者,每一个人都在教书育人方面有着独到的见解和追求;以至于每一堂课都是精彩纷呈,都能引人入胜。

据悉,瞿秋白所讲授的社会学具有独特的魅力,他所讲的原本是高深艰涩的哲学内容,却因为瞿秋白能够旁征博引,将古今中外的故事融入其中,所以使得这门课程变得易懂易学,加之他在讲课时神态从容儒雅、节奏缓急有致,更是增色不少。不仅能够吸引其他院系的学生,甚至其他学校的学生乃至一些老师都愿意来听他讲课,不仅教室里座无虚席,就连门外走廊上也站满了虚心求学的人。

作家丁玲正是瞿秋白当时的学生,据她回忆:

> 最好的教员却是瞿秋白。他几乎每天下午课后都来我们这里。于是,我们的小亭子间热闹了。他谈话的面很宽,他讲希腊、罗马,讲文艺复兴,也讲唐宋元明。他不但讲死人,而且也讲活人。他不是对小孩讲故事,对学生讲书,而是把我们当作同游者,一同游历上下古今,东南西北。我常怀疑他为什么不在文学系教书?他那里讲哲学,哲学是什么呢?是很深奥的吧?他一定精通哲学!但他不同我们讲哲学,只讲

入骨相思知不知

文学,讲社会生活,讲社会生活的形形色色。后来,他为了帮助我们能很快懂得普希金的语言的美丽,他教我们读俄文的普希金的诗,在诗句中讲文法、讲变格、讲俄文用语的特点、讲普希金用词的美丽。为了读一首诗,我们得读200多个生字、文法,对于诗,就好像完全吃进去了。当我们读了三四首诗后,我们自己简直以为已经掌握俄文了。

如此有魅力的师者,叫人如何不心生仰慕呢?

不知是不是巧合,他前后两任妻子都是自己的学生。

在上海大学,首先被瞿秋白所吸引的正是丁玲的好友王剑虹,一个智慧、犀锐、坚定的优秀姑娘,她是同龄人中十分突出的领军人物,是"中华女界联合会"的创办人之一,是积极投身于妇女解放的五四青年。她与瞿秋白不仅是情投意合的青年情侣,更是志同道合的热心同志,相恋不久便携手步入了婚姻的殿堂。想来,瞿秋白和王剑虹的感情正是如革命火焰一样炽热,他们在最好的年纪里遇到了对的人,彼此理解、互相欣赏,梦想和爱情的光亮交相辉映,定是十分耀眼的灿烂。

只可惜,这场爱情就像流星一样急速陨落了,数月之后,王剑虹因病去世。

第二章 跨越万水千山，只为向你靠近

爱人的离去给瞿秋白带来了巨大的痛苦，他在忧伤怅惘之中久久淹留不起，正是温柔的杨之华陪伴他渡过了这个难关。

当时的杨之华，早就嫁给了沈剑龙并且育有一女，可是聪慧的杨之华并不甘愿在家做少奶奶，而是果决地选择了自己的人生。她经过艰难的斗争进入上海大学求学，她在热血昂扬的师生之间逐渐找到了自己的价值，她渴望自由，渴望爱情，在追求梦想的路上与封闭自锁的丈夫越来越远。

讲台上的瞿秋白睿智风流、博学多才，他的心中装着民族大义，他的世界是杨之华从未见过的精彩开阔，一个小女子对师长的敬重之情早就在心底慢慢萌发，当然也只是敬重而已。当她看到自己的老师在丧妻的悲痛中难以自拔，自然而然就生出了照料帮扶的念头，在他最悲伤绝望的时候，就像一缕亮光照进了瞿秋白的生命。

正是她默默地守护和陪伴，支撑瞿秋白坚强渡过了这个难关，他们在相处的过程中有了越来越多的交流，渐渐发现自己身边这个人居然和自己有着如此相似的魂灵，他们谈政治谈哲学，谈生活谈理想，随着言语的交换也交换着情感。越来越深的了解让他们意识到，这正是自己所追求的理想伴侣的模样。

然而当时的杨之华，尚未从自己失败的婚姻中走出来，虽然与丈夫之间无话可说，沈家却对她有知遇厚待之情。面对瞿秋白

入骨相思知不知

越来越热烈的眼神,她不知道自己应该如何面对,她半是羞涩半是忧惧,只能逃避。所幸真挚的爱情总能给人带来力量,她抑制不住自己内心的情感,这爱情就像燎原之火,秋白温暖的手掌成了她最坚定的倚仗。

他们终于下定了决心,要为自己的爱情谋一个光明正大的前程,要为杨之华不幸的婚姻画上句点。

1924年秋,杨之华与瞿秋白同时回到浙江萧山,在这里与沈剑龙会面并且彻夜长谈。根据杨之英(杨之华妹妹)的回忆,当时的场面竟然是难得的和谐,想象中可能会有的激烈的冲突并没有发生:"大家觉得他们两人可以结合,但是杨之华还有个沈剑龙,她的前夫。那么到上海来大家也见过面,见过面以后,他们那一次,有一天他们约好的,沈剑龙回到家里,他们也回到乡下,回到乡下就是回到浙江萧山,我们家里,瞿秋白和杨之华一道来我们家里。我那时很小,我就在外面听,他们一个晚上没有睡觉,他们讲得很投入的,也讲得很好,一点也没有生气,不是为离婚了,结婚了,大家闹得不得了,他们像朋友一样很讲的(得)拢。"

不管怎么说,杨之华尚在婚姻内就与瞿秋白相恋,毕竟为礼法所不容,也是这段爱情受人诟病的根源所在,当这二人携手来到沈剑龙面前请求离婚,场面总该是有些尴尬的,可是他们竟然

第二章 跨越万水千山,只为向你靠近

"像朋友一样很讲的(得)拢",多么不可思议的事情。

他们究竟聊了什么,沈剑龙究竟是被什么说动甘愿成全这两个人,瞿秋白用怎样的言语令之折服,旁人是无法得知的,这也就成了他们感情中谜一样的神奇转折点。沈剑龙的大度和潇洒终于让秋白和之华的感情变得合理合法,他们二人在回到上海之后,就马上开始了新的生活。

不管历经了多少困难,不管在世人眼中他们的结合有多么大胆放荡,他们总归是在最好的境遇下勇敢地站到了彼此身旁。成了在动乱年代了紧紧相依相偎的大树与木棉,没有攀缘、没有空洞的咏唱,有的只是共同面对风霜雨雪的坚定和灵肉相通的爱情。他们认定了彼此,秋之白华,白华之秋,秋白之华,你中有我,我中有你,永不分离。

更令人惊讶的是,上海《民国日报》连续三天刊登了三则启事:

> 第一则,杨之华、沈剑龙启事,自1924年11月18日起,我们正式脱离恋爱的关系;
>
> 第二则,瞿秋白、杨之华启事,自1924年11月18日起,我们正式结合恋爱的关系;
>
> 第三则,沈剑龙、瞿秋白启事,自1924年11月18日

起，我们正式结合朋友的关系。

一时令整个上海都为之惊叹不已，瞿秋白和杨之华的婚姻更是受到了大多数人的祝福。想来，瞿秋白之后能够对他们的女儿视如己出、杨之华能够于沈剑龙保持正常的联系，都与其大度直率分不开。

婚后，两人的爱情一再升温。

先是，杨之华与沈剑龙的女儿沈晓光改名为瞿独伊。多少的宠爱都凝聚在"独伊"二字上，多少的爱屋及乌都比不上这样一份真心的接纳，他因为爱她，所以视她的女儿为自己的珍宝，独此一份的珍宝。

瞿秋白曾在给杨之华的信中写道：

"今天接到你二月二十四日的信，这封信算是走得很快的了。你的信，是如此之甜蜜，我像饮了醇酒一样，陶醉着。之华，独伊如此的和我亲热了，我心上极其欢喜，我欢喜她，想着她的有趣齐整的笑容，这是你制造出来的啊！之华，我每天总是梦着你或是独伊。梦中的你是如此之亲热……哈哈。"

第二章 跨越万水千山，只为向你靠近

瞿秋白真心地爱着这个突然降临到他生命里的小公主，因为独伊对他的亲近而生出无限欢喜，这一切的根源正是他对杨之华的爱。这信中并没有什么辞藻堆砌的文采，也没有文人最擅长的浪漫诗歌，他就是一个普普通通陷入爱情的男子，像每一个沉醉在爱情的人一样，反反复复絮叨着自己的爱，因爱而生的甜蜜和欢喜。正是这份质朴并且真挚的爱情让人感动不已，梦中的你是如此之亲热，理想中的爱情正是他俩相处的模样。

杨之华在瞿秋白的介绍之下加入中国共产党。仅此一事，就足以证明两人在社会政治、在人生价值上有着同样的目标和追求。这种志同道合颇类似于同袍，同仇敌忾的战斗经验让两人的生活融为一体，瞿秋白作为中共领袖，为共产党的最初建立付出了大量的心血和努力，而这所有的斗争都与杨之华密不可分，他们是同行者，是战友，是因此而更加亲热的爱人。

根据女儿的回忆，他们曾被合称为秋之白华，秋白之华，白华之秋，以表示两人你中有我，我中有你的亲密感情。瞿秋更是专门刻了一个图章，上书的正是秋之白华，时时刻刻带在身边。他赠给杨之华的结婚纪念品是一枚别针，上有亲刻的"赠我生命的伴侣"七个大字。相伴一生，正是所有恋人之间最奢侈甜蜜的愿望，在杨之华面前，他不过就是痴情男儿而已。

1928年，瞿秋白和杨之华先后到达莫斯科，参加中共六大和

入骨相思知不知

共产国际第六次会议。后来更是把女儿瞿独伊接到了莫斯科，一家人在这里待了一年左右，这正是他们所拥有的最无忧无虑的美好时光。

当时他们住在共产国际宿舍楼上的一间房子，虽不宽敞奢华却整洁温馨，前半间是夫妻俩办公的地方，后半间作为一家人的起居室。房间内装饰不多，却始终在桌子上放着一张之华与独伊的照相，上有瞿秋白亲手所题的"慈母爱女"四个字，呵护爱重之情不言而喻。在工作最繁重的时候，也正是妻女给了他最温柔的助力。

并肩携手，无论工作还是生活，这就已经是最浪漫的事情了。

第二年初春，瞿秋白因日益加重的肺病不得不前往列宁疗养所治疗，与心上人分离的一个多月里，青鸟传信自然成了不可或缺的生活主题，虽然他们更多的是在交流国内外的时事情况，却也不乏情深义重之语，处处都可以见证爱情的真挚。

杨之华生病，他即便在病中也是时刻记挂于心："之华，你自己的病究竟怎样？我昨天因为兆征死的消息和念着你的病，一夜没有安眠，乱梦和恶（噩）梦颠倒神魂，今天很不好过。"以对方之喜悲为自己的喜悲，恋人从来都是如此，那病着的杨之华，何尝不是心心念念着瞿秋白的安康呢？痴儿女，不过如此。

第二章 跨越万水千山，只为向你靠近

杨之华一直都把莫斯科这段时光引以为她生命里的珍宝，远离国内的纷争指责，在独具异乡风情的地方，他们总算是可以偷得半日闲暇，专注于自己的私人生活："夏天，我们在树林里采蘑菇，秋白画图和折纸给孩子玩；冬天，地上铺满了厚厚的雪毡，秋白把孩子放在雪车里，他自己拉着雪车跑……笑声震荡在天空中，似乎四周的一切也都为我们的欢乐而喜气洋溢。"

为革命和理想，他们做出了太多的牺牲，因而这再寻常不过的家庭生活，竟成了他们生命里难得的财富。爱情让两人思想超前的人重新又变成天真可爱的孩童，夏日树影，冬日白雪，让他们兴奋不已。肩头的重担暂时可以卸下了，就暂时忘却那看不完的章程、忘却那漫长的斗争吧。只有爱，是这段生活的唯一主题。

所以离去的时候才会不禁生出惆怅，生出留恋来。

瞿秋白有一封长信中写道：

"海风是如此的飘漾，晴明的天日照着我俩的离怀。相思的滋味又上心头，六年以来，这是第几次呢？空阔的天穹和碧落的海光，令人深深地了解那'天涯'的意义。海鸥绕着桅樯，像是依恋不舍，其实双双栖宿的海鸥，有着自由的两翅，还羡慕人间

入骨相思知不知

的鞭挞。我俩只是少健康,否则如今正是好时光,像海鸥样的自由,像海天般的空旷,正好准备着我俩的力量,携手上沙场。之华,我梦里也不能离你的印象。"

双宿双飞的海鸥在两人的记忆中盘旋良久,每一次短暂的相处之后总是会有更长的离别,忧思久久缠绕这对恋人,他们恨不得胁下生双翼,自由自在长伴彼此左右。可是最终也只能在单薄的纸笔里寄托相思,相互鼓励,相约入梦。因为他们终究是有伟大梦想的战斗者,因为只有自己的牺牲才能让更多的有情人过上无忧无虑的和平生活,他们知道自己理想何其伟大,他们有勇气去面对,毕竟彼此就在身旁。

只是谁也没想到,国内的形势瞬息万变,离开莫斯科之后更是无穷的灾难在等着他们。

1930年回国之后,情势越来越严峻,瞿秋白因为受到王明等人的陷害,1931年被撤销一切党内职务,杨之华也受到牵连。他们在工作中遭受到前所未有的困境,被架空的他就像是陷在沼泽地里,无法自行脱身,挣扎反而会带来更大的灾难,精神上的折磨可想而知。

此时的上海更是陷在白色笼罩的迷雾里,早就不可与碧海

第二章 跨越万水千山，只为向你靠近

蓝天的莫斯科相提并论。一场场追捕、逃亡就像是雪崩一样避之不及，越来越多的朋友、战友在自己身边牺牲，他们所能做的就只有在颠沛流离之中紧紧依靠，彼此即是自己心安的最后一块净土。

谁曾想就连这最后的依靠都会被硬生生夺去。

1934瞿秋白奉命离开上海，他曾向中央提出要求，让一直照料他生活的杨之华同行，却始终没有得到答复。

不得已，只有再离别。

瞿秋白离开上海，是一个深冬的寒夜，彼时他被肺病折磨得格外虚弱，迎风难行，杨之华像他的拐杖一样搀扶着相送。在长长的弄堂口，他停下来送别自己的妻子，离别就在此刻了。他们久久地凝视，再多的相思再多的珍重都说不出口，只有紧紧地盯住彼此的脸庞，似乎要把对方刻画至内心深处一样。本已经历过多次离别，谁也不知为何这次告别如此难以忍受，许是病痛让人脆弱，许是动荡的局势叫人不安。

总之，谁也不会想到，这一别，就是永诀，从此，生离变成了死别。

一年后，瞿秋白被捕就义。

据说在他生命的最后也不曾屈服，仍在伏案挥毫，留下最后的遗言，他在《多余的话》里告别自己的同志、告别自己奋斗了

入骨相思知不知

终生的事业,他说:

> "我去休息了,永久去休息了,你们更应当祝贺我。我这滑稽剧是要闭幕了。"

他告别自己的爱人,告别秋白之华:

> "我最亲爱的人,我曾经依傍着她度过了这十年的生命。是的,我不能没有依傍。不但在政治生活里,我其实从没有做过一切斗争的先锋,每次总要先找着某种依傍。不但如此,就是在私生活里,我也没有'生存竞争'的勇气,我不会组织自己的生活,我不会做极简单极平常的琐事。我一直是依傍着,我十分难受,因为我许多次对不起我这个亲人,尤其是我的精神上的怯懦,使我对于她也终究没有彻底的坦白,但愿她从此厌恶我,忘记我,使我心安吧。"

从被拘禁的中山公园到执行枪决的罗汉岭,大约两华里多,瞿秋白反复走了良久,他只能拖延这最后的时间来回顾自己的一生、在思想还能继续的时候再思念一次自己心爱的人。她是他个

第二章 跨越万水千山，只为向你靠近

人生活里最重要的依傍，此刻他却希望她能忘记自己，开始新的生活。她的脸庞一直在脑海中盘旋，此刻清晰得就像是在眼前一样，还好，她不会听到这冷酷的枪响，不用目睹自己的死亡……

瞿秋白就义时年仅三十六岁。

在他离世以后，杨之华在他未完成的事业上，付出了一生。

这比任何的爱情誓言都要坚定感人，她所前进的每一步都肩负着爱人的期待，那些同行的日子中所有的规划、憧憬都成了支撑杨之华生活下去的力量，她越来越坚定、越来越强大，她替华之秋白看着战友的热血、看着黎明的曙光，看着世界越来越美好的明日。就好像，他从来都不曾离开。

第三章
一缕绕指柔,一生相思爱

鲁迅与许广平：
你可以爱，你胜利了

凭文字闯出一片天地来的鲁迅先生，从来都是"横眉冷对千夫指"的形象，他以手中的笔墨为刀剑、为战场，将针对的矛头对准一整个腐朽落败的封建社会、对准所有在铁屋子里浑浑噩噩而不自知的群众。

习惯了他以刀笔吏的身份将人性深处的阴暗剖开来，习惯他用尖锐冷酷的文字嬉笑怒骂，他本就是惊雷霹雳一样的存在，他是昂扬的斗士，他以全部的心血投身于社会的改造，他的文字总是给人醍醐灌顶、当头棒喝之感，能够让有良知的读者深思自省，直到惊出一身冷汗。

谁能想到这样铮铮铁骨的存在遇到命定的爱情，也会化为绕指柔，成为专属于许广平的小白象。《两地书》承载着两人相识相知的整个过程，一封封信件还原了大师生命中发自内心的一段爱情，其中有琐碎的生活小事、有发自肺腑的真情、也有略带调皮的玩笑……从而使得那个旗杆标志一样的鲁迅先生，以更加真

入骨相思知不知

实丰满的形象出现在读者眼中。

他的小刺猬许广平,于1898年出生在广东一个没落的士大夫家庭。这一年,十七岁的周樟寿改名周树人,入南京水师学堂求学。

这样年龄相差巨大、生活环境截然不同的两个人,原本应该是平行线一样毫不相关的存在,谁能想到多年以后命运的安排竟让他们成为师生、成为恋人、成为夫妻。缘分真的是一种妙不可言的东西。

1922年,许广平考入国立北京女子高等师范学校(1924年改称"国立北京女子师范大学")国文系,次年春,鲁迅受到好友的邀请来此讲学,两个因此成为师生。

早在此之前,许广平就对这个赫赫有名的大师心怀敬仰。他的文字、他的事迹本就在当时的五四青年中广为流传,又有谁不知道鲁迅先生呢?何况许广平在天津读书期间,原就是积极投身五四运动的热血青年,她曾任天津女界爱国同志会会刊《醒世周刊》编辑,发表过许多关于妇女问题的个人意见。

鲁迅先生作为一个走在时代前沿是战斗者,对于这个心怀家国的年轻人所言,本就是清风霁月一样的精神导师、是自己不断前进的人生目标,她与当时众多青年人一样尊敬他、仰慕他。

鲁迅先生来教授的第一堂课更是叫许广平印象深刻:

第三章 一缕绕指柔，一生相思爱

"突然，一个黑影子投进教室来了，首先惹人注意的便是他那大约有两寸长的头发，粗而且硬，笔挺的竖立着（着），真当得'怒发冲冠'的一个'冲'字。一向以为这句话有点夸大，看到了这，也就恍然大悟了。……讲授功课，在迅速地进行。人们不知为什么全都肃然了。没有一个人逃课，也没有一个人在听讲之外，拿出什么东西来偷偷做。钟声刚止，还来不及包围着（着）请教，人不见了，那真是'神龙见首不见尾'。许久许久，同学们醒过来了，那是初春的和风，新从冰冷的世间吹拂着（着）人们，阴森森中感到一丝丝的暖气。不约而同地大家吐了一口气回转过来了。"

他的严肃认真感染着所有的学生、他的深厚学识更是令人深深折服。与此同时，鲁迅作为一个授业解惑的老师、作为一个略有生命的文坛前辈，其实并不是什么高高在上的存在，他乐于提携后进、乐意与先进的青年接触、他也乐意在与学生的切磋之间汲取精神的养分。正是因为如此，许广平心怀寄来的第一封信，才会在第一时间里收到回复，两人之间的故事才有了继续发展的契机。

入骨相思知不知

她自称为"谨受教的一个小学生许广平",以惴惴不安、万分紧张的心情给自己的偶像写了一封倾诉烦忧、排解疑难的书信。她说:"现在执笔写信给你的,是一个受了你快要两年的教训,是每星期翘盼着希有(稀有)的,每星期三十多点钟中一点钟小说史听讲的,是当你授课时,坐在头一排的坐位(座位),每每忘形地直率地凭其相同的刚决的言语,在听讲时好发言的一个小学生。他有许多怀疑而愤懑不平的久蓄于中的话,这时许是按抑不住吧,所以向先生陈诉……"

她诉说着自己的疑虑,她不懂现实中的教育体制为何也会存在种种钱权污秽的现象,她将自己归为"一日日地堕入九层地狱"的青年人之一,希望先生"能够拯拔得一个灵魂就先拯拔一个!"这时候的许广平真真正正就是一个写信给师长的小学生,一方面,她自己心中的疑难不吐不快,希望能在更睿智更有经验的人那里找到答案;一方面,她又害怕自己的文字太过稚嫩,怕她尊敬的先生懒得回答。从写信时她便带着惶惶不安的情绪,信件封存邮寄之后更是害怕石沉大海没有消息。

没想到,看似冷漠的鲁迅先生实则外冷内热,对每一个梦醒后无所适从的年轻人都保有最大的善意,他在第一时间里就回复了小学生许广平:

"学风如何,我以为和政治状态及社会情形相关的……总结

第三章 一缕绕指柔，一生相思爱

起来，我自己对于苦闷的办法，是专与苦痛捣乱，将无赖手段当作胜利，硬唱凯歌，算是乐趣，这或者就是糖罢（吧）。但临末也还是归结到'没有法子'，这真是没有法子！"丝毫没有指教的姿态，反而像是在与之探讨重要问题，这样平和的鲁迅先生让许广平更加敬重，两人的通信也自此一发不可收拾。

同在北京女子师范这段时间里，鲁迅与许广平之间的通信纯粹就是师生、是志同道合的长者与后辈之间的往来，他们谈论教育、谈论时事、谈论文学与梦想，往往能在很多事情很多观念上不谋而合，这些精神上的交流切磋正是两人得以相恋的基础。

毕竟直到此时，二人都不知道自己命定的恋人就是信件背后的那个人。

当时的鲁迅早就在母亲的一力安排下娶了朱安，一个温顺传统、目不识丁的姑娘，鲁迅从一开始就不愿意接受这份婚姻，却最终拗不过母亲的坚持，自婚后，鲁迅就在日本、上海各地辗转，或求学，或谋生，很少回家，朱安不过是他形式上的妻子。

鲁迅曾多次对友人说："她是我母亲的太太，不是我的太太。这是母亲送给我的一件礼物，我只负有一种赡养的义务，爱情是我所不知道的。"

然而他却很明确地知道，如果自己提出离婚，朱安的一生就会被无情摧毁，她没有立足之本，也不可能回到封建传统的娘家去，仅仅是流言蜚语就可能会令她成为下一个悲惨的祥林嫂，他不忍心因为自己让朱安成为牺牲者。所以他最强烈的反抗方式也不过是不靠近，却一直承担着照顾朱安生活的责任，他曾流露自己这辈子是无缘爱情了。

而在象牙塔里全心求学的许广平，此时正是情窦初开的年纪，校园里多得是志趣相同的年轻人，她遇到爱情本就是再自然不过的事情。她遇见李小辉是在1923年，这位"热情，任侠，豪爽，廉洁，聪明，好学"的青年，原本就是许广平的表亲，彼时在北京大学求学，两个同在异乡，年纪、兴趣、生活圈子又大都相仿的年轻人自然容易互生好感。

然而不幸来得太快，春节期间，许广平偶然患上了猩红热，虽最终治愈，因前来探望而被传染的李小辉却没能渡过这个难关，在正月初七因病去世。初恋大多是青涩，她甚至还来不及好好体会爱情的滋味，就已经被上天夺去了恋人，这应该是许广平心底最深的痛楚了。

一个从来不知爱为何物，一个青涩初恋匆匆夭折，自然很难会有一见钟情的疯狂碰撞，所有的只能是在越来越深的了解中，被对方的人格品行所吸引所折服，在漫长的相处中逐渐萌发出爱意来。

《两地书》其实足以窥见这些细微的变化，足以看见两人越来越坦诚的相处、越来越亲密的小举动。

起初,许广平和几个同学一起到鲁迅先生的住处拜访,她自称顽皮的小鬼,将这次拜访描述成一次生动有趣的冒险:"'秘密窝'居然探险过了!归来的印象,觉得在熄灭了的红血的灯光,而默坐在那间全部的一面满镶玻璃的室中时,偶然出神地听听雨声的滴答,看看月光的幽寂,在枣树发叶结果的时候,领略它风动叶声的沙沙,和打下来熟枣的勃勃,再四时不绝的'个多个多'!'戈戈''戈戈''戈'的鸡声,晨夕之间,或者负手在这小天地中徘徊俯仰,这其中定有一番趣味,是味为何?——在丝丝的浓烟卷(圈)中曲折的传入无穷的空际,升腾,分散,是消灭,是存在!?(小鬼向来不善推想和描写,幸恕唐突!)……"

想来许广平的性格应该正是爽朗无畏,像一个小鬼头一样,所以才能够在鲁迅先生的心里跃动不已,直至占据一席之地吧。这次拜访,可以说将两人的联系从单纯的学校生活扩展到了对方的个人生活,从此,他们有了更多可以聊的话题,有了更多共同的回忆。

更令人意外的是鲁迅就这次探险出了试题:"即如'小鬼'们之光降,在未得十六来信以前,我还没有悟出已被'探险'而去,倘如张君所言,从第一至第三,全是'冷静',则该早经知道了。但你们的研究,似亦不甚精细,现在试出一题,加以考试:我所坐的有玻璃窗的房子的屋顶是什么样子的?后园已经去过,应该可以看见这个,仰即答复可也!"

对这突如其来的拜访他竟也生出玩味的念头来,这样天真略带调皮的鲁迅先生可是太少见了,后来更是因为她轻易回答出自己的问题而耍赖说题目出得不好,语气心境都归于寻常男子。他对于许广平这个小鬼头,不知何时就多了一分纵容与宠爱……

林语堂曾说:"周氏兄弟,周作人是热的,周树人是凉的。"我却不以为然,恋爱中的鲁迅先生是热的,即使是冰冷的笔尖也透着一股热度,因为他被来自春天的许广平解冻了严冬的寒冷,鲁迅的春天是绚烂的,当然,这段恋情也是五彩缤纷的。

小鬼头的热烈越来越能感染鲁迅,他渐觉自己尘封依旧的心里突然涌出一丝柔情和爱恋来,这是前所未有的。她的热情终于战胜了鲁迅的诸多顾虑,1925年10月20日晚,在鲁迅西三条寓所的工作室——"老虎尾巴"里,鲁迅坐在靠书桌的藤椅上,许广平坐在鲁迅的床头,二十七岁的她首先握住了鲁迅的手,他也向许广平报以轻柔而坚定的紧握。他说:"你战胜了,你可以爱……"

这些细节全部记录在许广平所写作的《风子是我的爱》一文中,她向那些传统的卫道夫、向那些反对他们相爱的人发出了反

第三章 一缕绕指柔,一生相思爱

抗的声音,热烈坚定地述说着自己的爱:

> 风子是我的爱,于是,我起始握着风子的手。奇怪,风子同时也报我以轻柔而缓缓的紧握,并且我脉搏的跳荡,也正和风子呼呼的声音相对,于是,它首先向我说:"你战胜了!"真的吗?伟大的风子,当我是小孩子的风子,竟至于被我战胜了吗?从前它看我是小孩子的耻辱,如今洗刷了!这许算是战胜了吧!不禁微微报以一笑。
>
> 它——风子——承认我战胜了!甘于做我的俘虏了!即使风子有它自己的伟大,有它自己的地位,藐小的我既然蒙它殷殷握手,不自量也罢!不相当也罢!同类也罢!异类也罢!合法也罢!不合法也罢!这都于我们不相干,于你们无关系,总之,风子是我的爱……呀!风子。

从此,这个孤单前行了数十载的战斗者背后,有了一抹紧紧相随的倩影,同心同德的斗争总比一人苦苦挣扎要来得容易。他们作为彼此人生的参与者、彼此灵魂的交流者,开始了属于自己的爱情故事。

入骨相思知不知

1926年,鲁迅先生因为作《死地》《纪念刘和珍君》等文章抨击段祺瑞政府屠杀学生的罪行,遭到追捕,一方面为了避难,一方面也因为受到好友的邀请,他于这一年九月前往厦门大学任教。同年,许广平从北京女子师范大毕业,追随鲁迅先生南下,到广州的广东省立女子师范学校任训育主任。

厦门和广州虽然距离不远,两人却也是陷入了再度分离的境地,所以书信再一次成了他们联络感情、交流生活的寄托,而这一段时间的书信中,生硬纯粹的时事讨论逐渐变少,增多的是两人对彼此生活的交流。战胜了世俗禁锢的许广平,用一个平等的女子的身份,用自己的方式表达着对鲁迅的关心和爱慕,而先生的回应,也是越来越详细、越来越温柔。

"我已不喝酒了;饭是每餐一大碗(方底的碗,等于尖底碗的两碗),但因为此地的菜总是淡而无味(校内的饭菜是不能吃的,我们合雇了一个厨子,每月工钱十元,每人饭菜钱十元,但仍然淡而无味),所以还不免吃点辣椒末,但我还想改良,逐渐停止。我的功课,大约每周当有六小时,因为玉堂希望我多讲,情不可却。"

第三章 一缕绕指柔，一生相思爱

刚到厦大，他便向许广平叙说自己的生活日常，从饮食讲到工作，絮絮叨叨的语气总觉得不甚像高高在上的鲁迅先生，倒像是刚刚开始恋爱有点不知所措不知所云的小男生，不在一起的时候，恨不得把每一秒中的行动都讲给她听，纵然没有直抒胸臆的情话告白，这样为她而有的改变也让人觉得分外踏实。

她分享着他生活的所有细节，他们兴致勃勃地讨论着阳桃这种水果的滋味，认真地探讨着驱除蚂蚁的种种办法，互相倾诉着生活工作、人际交往中的种种不如意……两人之间的来信就像是丝线一样将他们牵扯在一起，越来越密不可分。

11月里一封来信将许广平小女儿的温柔娇痴情态展露无遗，她说：

> 广州天气甚佳，现时不过穿二（件）单衣，秋高气爽，正是宜人，畏寒的穿夹衣早晚足够了。我虽然忙，但也有机会做领（琐）事，日前织成一件毛线衣，我自己用的，现在织开一件毛线小半臂，是藏青色，但较漂亮的，因不易买到平时穿的一式一样，以己之心度人，我看这颜色不坏，做好时打算寄去，现已做成大半了，不见得心细，手工佳，但也是一点意思，可以在稍暖时单穿它，或在线衣上加穿亦可，取其不似棉的厚笨而适体耳。

入骨相思知不知

傻子独立电灯下默着干吗？该打，不好好读书，做事！

为心爱的人亲手缝制衣衫，暖意在身更在心，她还嗔怪鲁迅在电灯下思念自己该打，小女儿在爱情里娇憨霸道的举动尽在字里行间展现出来。想来这个阶段两人的感情自是和睦甜蜜，他们之间的爱情一直都是落在实处，鲜有缥缈上云端的情话，鲜有缠绵悱恻的浓稠，一直都是清纯地发乎情止乎礼，一开始就做好了长久相伴的准备。这样的爱情，反而更叫人觉得踏实安心。

鲁迅收到背心的第一时间就穿上了，"包裹已经取来了，背心已穿在小衫外，很暖"，有时候，这样的行动的确比千言万语更有力量。

更加叫人惊讶的是鲁迅总是在夜间回信，为了让信早些到达恋人手中，他常常在凌晨就把写好的信送到邮筒里去，一刻都不想耽搁，这样真性情的流露不多，却足以叫许广平感动并且珍惜。"现时我要下命令了，以后不准自己把信'半夜放在邮筒中'。因为瞎马会夜半临深池的，十分危险，叫人捏一把汗不好。"

这种独属于两人的切实的甜蜜，何尝不是浪漫到让人艳羡？

1927年1月，鲁迅从厦门大学离职后到了广州，担任中山大

第三章 一缕绕指柔，一生相思爱

学教务主任兼任文学系主任，许广平任他的助教。同年10月，许广平和鲁迅在上海开始共同生活。书信来往自然是不必了。

相处两年，爱情随着时间的发酵愈发浓稠，更何况此时，他们有了爱情的结晶。

因为鲁迅的母亲病重，他不得不只身前往北平探望，许广平独自留在上海。于是，书信又得以延续，也正是在这段时间里，小白象和小刺猬的故事进入了人们的视野。

> "我不知乖姑睡了没有？我觉得她一定还未睡着，以为我正在大谈三年来的经历了。其实并未大谈，我现在只望乖姑安乖，保养自己，我也当平心和气，渡（度）过豫（预）定的时光，不使小刺猬忧虑。"

一向冷静沉稳的鲁迅先生竟然也用起甜蜜的代号来了，他成为许广平一人的小白象，她是他宠溺一生的小刺猬。这信中所透露出来的温柔几乎像潮水一样足以把人淹没，毋庸置疑，他们遇到了自己命中注定的爱情，这样的柔情，只可能源发自内心深处。

入骨相思知不知

"我寄你的信，总喜欢送到邮局，不喜欢放在街边绿色铁筒内，我总疑心那里是要慢一点的，然而也不喜欢托人带出去，于是我就慢慢的（地）走出去，说是散步，信放在衣袋内，明知被人知道也不要紧，但这些事自然而然似觉含有秘密性似的。信送到邮局，门口的方木箱也不愿放进去，必定走到里面投入桌子下，心里又想，天天寄同一名字的信，邮局的人会不会古怪？当走去送信的时候，我忆起有个小人夜里走到楼下房外信局的事，我相信天下痴呆不让此君了。但北平路距邮局远，自己总走不便，此风万不可长，宜切戒！！！！"

因通信结缘的两个人，总会在写信寄信上闹出一些甜美的小插曲来，为了自己的信件能早日到达恋人手中，鲁迅先生曾在厦门的夜色里步行去投寄，小刺猬此时也痴痴地觉得门外的邮筒比局内的要慢一些，痴情儿女，不过如此。

在那个动荡不安的时代里，他选择了一条最为艰难的路途，本以为一生都是一个人独行，却不料被小刺猬撞进了内心。于是她开始照料他的生活，打理地周到细致；她甘愿成为他身后最得力的助手，誊写整理他的文章，成为他最坚实的后盾。这样的情深,自然不会被辜负。

鲁迅在送给许广平的《芥子园画谱》上所题的"十年携手共艰危,以沫相濡亦可哀"一句,正是他们爱情生活的完美写照。这份和家国天下紧密相关的爱情,朴实却也不乏温情,在那个特殊的环境中,应该是他们一生中最珍贵的精神财富了。

1936年,鲁迅先生因病去世。

留给小刺猬许广平的只有懵懂无知的幼子和纷繁错杂的书稿,她在极度的悲痛中坚强地生活着,将余生所有的心血都花费在这两件事情上。

与鲁迅十多年的相识相处成了她一生不可忘怀的记忆,她将恋人的遗愿和追求融进自己的生命里:《且介亭杂文末编》《集外集拾遗》《鲁迅全集》等著作的出版都是她辛苦奔波的结果,她甚至不忘照顾朱安。在此之后,她更是毅然决然投入了抗日活动,虽艰难险阻却不曾更改初心,直至将自己的余生,活出了两个人的重量。

相濡以沫,不曾相忘于江湖。

小白象和小刺猬的爱情,何尝不是大师生命中值得尊重的一部分呢?

丁玲致胡也频：
有你爱我，我真幸福

在世人眼中，丁玲无疑是一位传奇女子。

文学与爱情，是她一生中永恒不变的主题。

于文学上，她是一匹横空出世的黑马，虽然写作稍晚却能够以独特的魅力后来居上，声名丝毫不亚于同时期的任何一位女作家。

在爱情上，她是潇洒率真的文人，她在追求爱情的路上倔强前行，丝毫不在意世俗的眼光，她生命中的四段爱情，各有各的精彩，各有各的存在价值。

胡也频对于丁玲来说，乃是最青涩懵懂的初恋，是伊甸园外第一颗禁果。他用自己的温柔和坚持，叩开了丁玲的心扉，他教会她什么是爱，如何去爱，他陪她进入精彩纷呈的文学世界，他更用自己的英勇教会她坚定信仰。这是亦师亦友，是指路明灯一样的存在，可以说胡也频对丁玲之后的人生道路，有着不可忽略的影响力。

第三章 一缕绕指柔，一生相思爱

在他们相遇之前，丁玲只是那个原名蒋伟的湖南姑娘。

在常德的青山秀水里、于一个官僚望族最没落的时期出生，父亲早逝之后生活更是难以为继，母亲余曼贞带着丁玲和幼弟在各地辗转奔波，相依为命。她的母亲曾与中共早期领导人之一向警予有同窗之谊，在理想追求方面也有共同之处，自己也是积极投身于各种社会活动。在这样的家庭环境中成长起来的丁玲，骨子里本就有奔涌的热血，本就很容易陷入理想主义的执念中。

1918年，丁玲考入桃源第二女子师范学校预科，与她生命中的挚友王剑虹在此结识。青春时期，同龄人之间的相互影响本就更容易发挥作用，更何况王剑虹本身就是睿智而有魄力的领军人物，在与她相识过程中，丁玲很容易就成为一个追随者，随之在求学自修、在革命理想的路上越走越坚定。

同在上海大学，她见证了好友王剑虹与老师瞿秋白的爱情，一个是热烈如火的年轻姑娘，一个是睿智博学的先进青年，他们那种触电式的相遇、交往过程中种种甜蜜有趣的小细节到后来进入婚姻生活之后的相伴相守，想来在两个女子的体己话中都会被反复提及。这样美好的爱情自然会在丁玲的心里形成一个朦胧的憧憬，她看着好友的幸福，同样会为之高兴不已。

王剑虹的去世给她带来了沉重的打击，瞿秋白的迅速热恋再婚更是让她觉得难以忍受。她逃离上海，来到北京，正是在这里结识了青年编辑胡也频。

这个眉目清秀如含有一汪泉水的女子刹那间便叫他失魂落魄，她潇洒果敢的性格更是深深攫住了他的目光，他意识到，自己对这个陌生的女孩儿一见倾心了。她饱含泪水的眼神叫他心疼不已，他想伸手抚平伊人眉间轻蹙……

当时，丁玲心爱的弟弟不幸夭折，从小就跟着母亲四处游历的姐弟俩感情格外深厚，所以她正因为弟弟的去世而陷入无尽的伤痛中，根本就无暇顾及胡也频炽热的目光。

胡也频知晓此事以后，曾送来了满满一纸盒的玫瑰花，希望能稍稍宽解伊人的愁肠，并附有一张字条："你一个新的弟弟所献。"希望用这样的方式来转移丁玲的目光，希望能够帮助她早日从失去亲人的悲痛中走出来。其实，胡也频比丁玲还要年长一岁，为了解忧甘愿成为她一个新的弟弟，难免有一些说不尽的痴意。

他带丁玲去见沈从文，希望她在更广阔的世界里找到勇气和乐趣，渐渐从自己的愁苦中走出来。后来，沈从文在《忆胡也频》中回忆："一天早上，我正坐在窗下望到天井中没有融化的积雪，胡带来了一个圆脸长眉的年轻女人，来到我的住处。女人站在我的房门外边不动，穿了一件灰布衣服，系了一条短短的青色绸类裙子，什么话也不说，只望到我发笑。"

第三章 一缕绕指柔，一生相思爱

然而这个脸蛋圆圆的、带着笑意的丁玲最终还是没有多加留意这个男子像孩童一样的温柔，她的心思全然被忧伤所占据，根本就无心去领略爱情的风光。她在难以排解的伤痛以及经济的窘迫中选择返回常德老家，只身而去，并没有给胡也频留下任何爱的回应。

没想到，胡也频的满怀热情不仅没有因此冷却，反而在更加激越的境况中，果断地选择了前往湖南、寻找爱情。他不熟悉路线，他甚至连路费都来不及筹措完备，就单单凭着一股热情一股思念，追随着丁玲的步伐离开北京前往常德。

他的好友沈从文曾回忆自己在得到消息之后前往胡也频居处所看到的场面："我走到《民众文艺》编辑处去看时，看到海军学生（指胡也频）已迁到另外一个房间里，满地是书的残叶（页）同碎烂的报纸。"他匆匆打包走自己的行李，仅仅留下满地书的残页同碎烂的报纸，以及自己同样碎了一地的未曾遇到丁玲之前的冷静和理智。

很少有人能够理解这种冲动，大家纷纷议论他的疯狂和缺乏理智，只有沈从文深深理解胡也频骨子里的南方人的热情：

"望到地下那些东西，我心想，一个人，会为女人变成孩子，真料想不到……但这个海军学生，我们

入骨相思知不知

年龄相差并不很远,我们的性格,可完全不同了。这海军学生,南方人的热情,如南方的日头,什么事使他一胡涂(糊涂)时,无反省,不旁顾,就能勇敢的想象到另外一个世界里的一切,且只打量走到那个新的理想中去。把自己生活同另一个人的生活,在很少几回见面里,就成立了一种特殊的友谊,且就用这印象,建筑一种希望,这种南方人热情,当时是使我十分吃惊的。人既一离开,如今便到了使他发狂的时候了。

一切朋友用各样言语,说到这个发狂是不必需的事,只须小小一点儿理智,就可以使自己安静下来。但各样言语皆缺少转移这个海军学生的能力,一切朋友的'世故',皆不能战胜这个人的'热情',结果北京城公寓里少了一个女人,不久就又少了一个男子。"

正是这种南方人的热情,这种一旦认准之后就能够无反省、不旁顾,毅然决然走到一个新的理想世界中去的热情,让胡也频的人生没有不可能。

第一次,这热情让他拥抱到了自己心爱的佳人;第二次,则

第三章 一缕绕指柔，一生相思爱

让他完全投身于自己的理想。

当他风尘仆仆千里跋涉，早就花光了自己的旅费，他几乎可以说是蓬头垢面地叩响了蒋家的大门。

门打开时，丁玲和母亲都被眼前这个落魄的青年惊呆了，丁玲认出这正是尚不熟悉的胡也频。他明明已经困窘疲惫到了极点，可是他的眼睛却是难得的明亮，就像一个小孩做了某件大事后渴望得到别人夸奖一样满是飞扬的骄傲。他坚定地看着眼前的女子，越来越快的心跳声好像在告诉自己：这正是他所追求的全世界了。

很多年后，蒋祖林（胡也频儿子）回忆道："我母亲那个时候正好和我外婆在家里，就听到有人叩门，出去一看，原来是刚刚见过一两面的胡也频，胡也频这个时候身无分文，所以黄包车的车钱还是我外婆替他付的。"

这样的窘迫却丝毫不能掩盖年轻人眼中的光，正是他不顾一切的坚持和勇敢叩开了丁玲紧闭的心门。她看着眼前这个千山万水追随自己而来的人，突然就很想好好了解他、靠近他，突然很想知道自己在他心中究竟是哪般模样，为何值得这样艰难坚定的奔赴；突然就很想知道，爱情究竟是什么滋味呢。

在湖南常德的短暂时光里，一颗爱情的小苗正在两人之间慢慢萌发，这个举目皆是青山绿水的所在，最适合谈情说爱了。他们的初恋就是在这样单纯的环境下发生了。

在这里，他们完全避开了世俗的纷扰和嘈杂，山间的野花如美人笑靥，溪涧的流水如佳人清爽的笑声，他迫不及待打探着她幼时的种种趣事，他们谈论着社会中急速变化的形势，谈论文学，谈论理想。他们一起看清晨丝丝缕缕的烟雾，他们一起观日落时漫天绯红的云霞，吟诗或者歌唱，一山一水，全都聆听着爱情生长的声音。

有一次，在下山买东西的途中，两人不小心陷入了一片淤泥之中，越是挣扎反而陷得越深，山路上又鲜有行人，于是，他们干脆就站在淤泥中看落日西斜，看漫天星辰，说着甜蜜的悄悄话，竟然也不觉得危险、不觉得害怕。直到过了很长一段时间，一个过路的农人才将他们救出来……如果生命就停在那一刻，对两个年轻人来说，一定是没有什么遗憾的。

离开北平时还是略显陌生的两个人，再回到北京已经是密不可分的热恋情人。

沈从文回忆起与他们两人重逢的场景："先是在院中枣树旁见到海军学生，见到我时笑着……见到那个黑黑的圆脸，仍然同半年前在北京城所见到的一样，睁着眼睛望人。这人眼睛虽大，却有新妇模样腼腆的光辉。我望到是那么两个人，又望到只是一个床，心里想：这倒是新鲜事情，就笑着坐到房中那唯一的一张藤椅上了。那时房中还有一个煤油炉子,煨得有什么东西,我猜想当我还没有来到这房子时节,这似乎主妇的人,一定还蹲在地下,照料到那炉子上小锅内的东西。"

正是在这一年秋天,他们俩结为夫妇,过起了饮食男女的寻常生活:"饮食由两人自己处置,所以买小菜,买油买盐,皆两人自己上街。蹲到廊下用一把鬼头刀劈柴,两手当撮箕(撮箕)捧了煤球向炉子里放下,全是主妇日常的职务。男主人则为一点儿醋同一点儿辣椒,也常常忙匆匆地跑到街口去。到把饭吃过后,一切完事了,还争着到井边去提水,洗碗洗锅子,毫不显得疲倦,这新鲜生活,使两人似乎都十分兴奋。"

此时胡也频和丁玲都没有稳定的工作,仅靠着家里有限的接济过活,他们的生活不可谓不艰难,却在相互陪伴时光里把从未经历的事情都当作一种新鲜的、有趣味的尝试。贫穷从来没有影响两人的感情,本都是随性率真的性子,是极端的浪漫主义,有一天的享乐就不会去考虑明日的艰难,大不了散步到当铺里随便典当一些什么再多度过几日。有情饮水饱,正是如此吧。

何况他们有漫山遍野游走的云可以看,有古今中外最精致的情书可以读,有最美好广大的梦境可以幻想,哪里会不满足呢?

在胡也频和沈从文商量着将自己的作品出版发行的时候,丁玲并没有参与,她的生活里突然闯进了一个陌生人,以至于所有的心绪都被完全打乱了。

这个人正是浪漫的湖畔诗人冯雪峰。彼时,他经过朋友的介绍来教丁玲日语。丁玲对他的第一印象并不好,她想象中的诗人应该是风流儒雅的模样,在她想象中,一个在北大学日语的年轻人应该是英俊帅气的,可是这个比她大一岁的诗人居然这么土,还这么穷,甚至比胡也频还要穷。

然而爱情的到来却总是极具戏剧性,在两人相处的过程中,丁玲渐渐发现自己不可救药地爱上了冯雪峰,他们是如此情投意合,在一起总有聊也聊不完的话题,似乎有一种前所未有的热烈情感向她席卷而来,将自己全然淹没。

她曾说:"在我的一生中,这是我第一次看上的男人。"

她为之否定了胡也频,似乎自己与胡也频的相爱始终是被感动、被牵引的,是慢慢地一点一点生长出来的,从来都不是于她内心深处火一样猛然爆炸出来的。她模糊地感觉到这是一个全新的世界,她无法抑制自己想要置身其中的欲望。

丁玲不是一个善于掩饰自己感情的人,或者说,她根本就没想过掩饰什么,她不认为自己在一段感情中爱上另一个人有何不妥。

因为这段节外生枝的恋情,胡也频顿时陷入了无尽的苦闷和矛盾之中,他在心底追问:"难道这一切都成了昨日黄花?算了,一切都将过去,让一切过去吧,弃我去者,昨日之日不可留。不,我不准你离我而去,曼伽,你是我的魂,我的心。"

他无法接受丁玲爱上别人,他更不能接受丁玲离开自己。两者相权衡之后,他竟然也同意了丁玲提出的三个人一起生活的大胆提议,与他们一起在杭州西湖边生活了一段时间。实在不知道应该用怎样的语言来描述这段关系,只能说,他们都深爱着丁玲,互相妥协,在等待她做出最后的选择。

胡也频因为这纠结的关系难过不已,重新跑回北京去找好友沈从文倾诉,在他下定决心结束这畸形的关系时,丁玲最终做出了自己的选择:"虽然我深深地爱着另外那个人,但我和也频同居了许多时候,我们彼此有一种坚固的感情的联系。如果我离开他,他会自杀的。"最终,她告别冯雪峰,和胡也频回了上海,此时已是1928年,经此变故,两个人的感情渐渐变得更加深厚坚定。

按照丁玲的话来说:"我们彼此没有义务,完全可以自由。但事实慢慢变得似乎仍然应该要负一些道义上的责任。我后来认为那种想法是空想,不能单凭主观,1928年就决定和也频白首终身,断绝了保持自由的幻想。"这个白首终身的决定,才是这份爱情弥久珍贵的所在。

早在1927年,丁玲就已经在《小说月报》发表了她的处女作

《梦珂》，1928年又在头版上刊登了《莎菲女士的日记》，一时名声大噪。

两个年轻人似乎确凿看见了自己生活的方向，他们天真地以为仅仅靠写稿出版就能支撑自己的生活，遂以绝对的热情投入到了写作创刊这一项工作上。先是，胡也频与沈从文共同担任《中央日报》副刊《红与黑》的编辑，并在该刊先后发表了很多诗和小说。不久，《红与黑》副刊停办。他又与丁玲、沈从文从事《红黑》和《人间》两个杂志的编辑出版工作，最后也以出版社倒闭，欠下诸多债款告终。

梦想破碎之后，生活还要继续。

为了生计胡也频离开上海，到济南市省立高中教书，为了让丁玲安心写稿将其留在上海，一人投身家庭、一人坚持梦想。可是在当时，丁玲对他的感情早已发生了翻天覆地的变化，她无法忍受与爱人两地分居的相思之苦，根本就无法静下心来创作。雪花一样的书信尚不能宽解她的思念，她对胡也频说："有你一切就好，即便是伟大的诗人啊，也体会不到一个在思念着爱人的心情。"于是，不久之后，丁玲就追随胡也频来到了济南。

在两人的爱情故事中，这是她第一次千山万水向他奔去。

丁玲时尚的衣着打扮在当时的省立高中可谓是一石激起千层浪，其时正在山东省立高中读书的国学大师季羡林事后回忆：

第三章 一缕绕指柔,一生相思爱

"丁玲的衣着非常讲究,大概代表了上海最新式的服装。相对而言,济南还是相当闭塞纯朴的。丁玲的出现,宛如飞来的一只金凤凰,在我们那些没有见过世面的青年学生眼中,她浑身闪光,辉耀四方。济南的马路坑坑洼洼,胡先生个子比丁玲稍矮,而穿了非常高的高跟鞋的丁玲步履维艰,有时要扶着胡先生才能迈步,学生们看了觉得有趣,就窃窃私语说胡先生成了丁玲的手杖。"

而在他们相互扶持的人生历程中,胡也频何尝不是丁玲的手杖,他支撑着这个懵懂勇敢的女孩,先是学会如何去爱,接着又教她如何去追求理想。

1930年5月,受到国民党当局的通缉,胡也频和丁玲被迫离开济南重返上海。在这个火热的五月,他们在上海一起加入了刚刚成立两个月的"左翼作家联盟",由此走上了文学革命的道路。

10月,胡也频加入中国共产党,将自己"南方人的热情"全部投入到革命事业中去。

11月,两人爱情的结晶诞生,取名为胡小频。原本这就应该是以后幸福生活的转折点,爱情臻于至境,理想也寻到了明确的方向,他们走遍了万水千山,总该要好好地生活了。却不料横生枝节。

  1931年1月17日，胡也频在上海租界内出席第一次全国工农兵代表大会预备会议时被捕。一整天丁玲都在两人的住所里等待他归来，直到襁褓里的婴儿开始哭泣，直到昏黄的灯光下沈从文带来了胡也频被捕入狱的消息。

  他们为了营救胡也频等人四处奔走，所有能找的关系都找了、所有能托的人全托了，所能做的却只是到狱中探望而已。丁玲事后回忆："我们在那里等了一上午，答应把送去的被子、换洗衣服交进去，人不准见。我们想了半天，又请求送十元钱进去，并要求能得到一张收条。这时铁门前看望的人都走完了，只剩我们两人。看守答应了。一会儿，我们听到里面有一阵人声，在两重铁栅门里的院子里走过了几个人。我什么也没看清楚，沈从文却看见了一个熟识的影子，我们断定是也频出来领东西，写收条，于是聚精会神地等着。果然，我看见他了，我大声喊起来：'频！频！我在这里！'也频也调过头来，他也看见我了，他正要喊时，巡警又把他推走了。我对从文说：'你看他那样多有精神呵！'"

  就是这没有言语的匆匆一面，就是一个看起来尚精神饱满的胡也频，最终成了丁玲印象中胡也频最后的模样。

  被关押一个月之后，多方营救无果的胡也频与"左联"盟员

第三章 一缕绕指柔，一生相思爱

柔石、殷夫、冯铿（还有没有正式加入"左联"的李伟森）被秘密杀害于国民党上海龙华淞沪警备司令部后院的龙华塔下。

人称"左联五烈士"。这一年，胡也频年仅二十八岁。

这一年二十七岁的丁玲成了胡也频的遗孀，襁褓里婴儿尚不足周岁，这段缠绵数年、历经周折的爱情，最终只剩下无尽的惆怅和思念。

她是懂得他的，在1950年写的《一个真实人的一生——记胡也频》中：

> "也频却是一个坚定的人。他还不了解革命的时候，他就诅咒人生，讴歌爱情，但当他一接触革命思想的时候，他就毫不怀疑，勤勤恳恳去了解那些他从来也没有听到过的理论。"

革命和爱情是胡也频生命中的两大主题，他将自己全部的热情和固执都投入其中，为此千山万水的奔赴、抛头颅洒热血的牺牲都是值得的。

在他去世以后，爱情和革命同样成了丁玲生命中的永恒追求。以他所希望的方式生活下去，就是对这段爱情最好的祭奠了。

朱自清致陈竹隐：
谢谢你给我力量

朱自清为人所知，首先是因为他的气节，其次是因为他的散文。

他原名自华，在1917年报考北京大学时自己改名为朱自清，典出自于《楚辞·卜居》中的"宁廉洁正直以自清乎"一句。意在劝勉自己无论环境如何变化，唯愿能够始终坚持廉洁正直的品性，独善其身，保证自己的清白。这个名字伴随他度过之后的人生，这份初心也始终没有变更过。

经过漫长曲折的道路，这个舌耕笔耘的书生一步步走上了民主运动的战场，1946年10月，他的胃病已经很严重了，却毅然投身到反饥饿、反内战的实际斗争中，在《抗议美国扶日政策并拒绝领取美援面粉宣言》中签下了自己的名字，并嘱告家人不买配售面粉，"宁可饿死，不领美国的救济粮。"他像一棵傲竹、一棵劲松一样坚守着自己的信仰，宁折不弯。

他的秉性如此，霁月清风、透彻高洁。

第三章 一缕绕指柔,一生相思爱

朱自清的文字和他的为人一样,都是清明了然、臻于至境的极品。他善于把事物最干净的本质呈现在文章里,所寄托的情感同样是澄澈纯粹的忧伤或者欢喜,干干净净就像是冬日下玲珑剔透的白雪,若融化,则是清流一缕,绝对不会有任何杂质混杂在其中。

他写荷塘:"曲曲折折的荷塘上面,弥望的是田田的叶子。叶子出水很高,像亭亭的舞女的裙。层层的叶子中间,零星地点缀着些白花,有袅娜地开着的,有羞涩地打着朵儿的;正如一粒粒的明珠,又如碧天里的星星,又如刚出浴的美人。微风过处,送来缕缕清香,仿佛远处高楼上渺茫的歌声似的。"就将荷塘的美感完全展现在世人眼中。

他写月色:"月光如流水一般,静静地泻在这一片叶子和花上。薄薄的青雾浮起在荷塘里。叶子和花仿佛在牛乳中洗过一样,又像笼着轻纱的梦。"月光就从他的文字里悄然流淌到每一个读者眼前。最好的文字从来都不是矫揉造作能够成就的,伟大的作家都是自己心灵的剖析者,他看到什么,笔下就会展现出什么,所以,朱自清该有多么美好纯净的心灵,才能看见这娇柔袅娜、轻盈入梦的荷塘月色。

这样一个人的爱情,自然会同样干净澄澈如月光下的清水一掬、荷香一缕。

入骨相思知不知

他对待生命中的两段爱情,都是全身心地投入,爱便爱得深厚。即便对方是完全不一样的女子,两份感情有着截然不同的颜色,他所倾注的真心却是一模一样。

1916年,也就是朱自清进入北大读书的第二年。在家人眼中,他已经是鲤鱼跃龙门,在学业上取得了最好的成绩,是时候娶妻成家了。就这样,早就在父母之命媒妁之言里定下婚约的朱自清,将那个从未谋面的扬州姑娘武钟谦娶进家门。

彼时他的文学创作还是小荷才露尖尖角,他的性格也与之含苞待放的才情一样,尚在沉默静寂中慢慢酝酿。武钟谦同样是一个温柔、娴静、内敛沉郁的女子,同样的性情为他们的感情奠定了良好的基础,在外人面前总是沉静少言的两个人,却能在这安静的相处中获得心安。他偶尔的急躁和小情绪都被她温和化解,他们的感情平淡得就像一汪清水,虽然没有壮阔的波澜,却也成了两人的欢喜之源。

她全身心都守在这个小家庭里,为他照料老母亲养育子女,从小娇生惯养的她为他洗衣做饭什么都亲自动手,解决了他的一切后顾之忧,以至于朱自清能够潜心去完成学业投入创作。数十年如一日的温柔体贴成了朱自清最坚实的后盾,他爱这个为自己付出了所有的女子,无论外界环境如何,家都是他最安心的去处:"外边虽老是冬天,家里却老是春天。有一回我上街去,回

第三章　一缕绕指柔，一生相思爱

来的时候，楼下厨房的大方窗开着，并排地挨着她们母子三个，三张脸都带着天真微笑向着我，似乎台州空空的，只有我们四人，天地空空的，也只有我们四人。"

本以为能够就这样平淡地度过一生，可是武钟谦却在1929年因为严重的肺病不幸去世，年仅三十一岁。留给朱自清的是他们的六个子女，大的十岁左右，最小的尚在襁褓。

当时朱自清在清华园执教，听闻噩耗竟倒地不起，被人匆忙送往医院。一月之前他们才刚刚别过，此时竟天人永隔，他甚至连妻子的最后一面都没有见到。伤痛如潮水，只能化作最深的悼念："俯仰幽明隔，白头空相期；到此羁旅寂，谁招千里魂。"

一朝死别，共白头的承诺就成了空言，曾经那么多美好的梦想都随着伊人远逝，再也没有重逢的可能。所有的悲伤和思念都只留给生者，所有的回忆都会成为未来生活的羁绊。

武钟谦去世以后，朱自清的生活变得一塌糊涂，先不说他自己如何不适应没有人照料的日子，单单是这一群嗷嗷待哺的小儿女就成了他最大的问题，吃饭、穿衣、教育一座座大山向他压过来，丝毫不留给人喘息的空闲。一个清贫的教书先生，凭着单薄的工资供养一家，他既是父亲又是母亲，每天都在手忙脚乱的境地里挣扎，又怎么可能有精力、有闲暇去创作？本来势头渐好的写作工作只有一再搁置。

入骨相思知不知

清华园的好友都不忍看见一个天才就此陨落，他们深深懂得朱自清的才华才是无价的珍宝，作为知音、作为朋友，他们迫切地盼望有一个人能够帮助朱自清渡过难关，能够帮助他从生活的泥沼中走出来、重新投身文学。

于是，他们积极张罗着为朱自清介绍一个合适的女子。沉浸在丧妻之痛中的他并不想要开始一段新的感情，他曾在诗中说自己"此生应寂寞，随分弄丹铅"，正是委婉地谢绝来自好友们的热心操劳。

可是，一有合适的人出现，朋友们还是会想方设法引见给朱自清，希望他能够尽早地从灰暗的生活中走出来。就这样，朱自清与陈竹隐相遇了。

那是1930年秋的某一天，著名的戏剧艺术家溥西园带着自己最得意的女学生陈竹隐来到了西单大陆春饭店，随后，朱自清在好友叶公超和浦江清的半是哄骗半是强迫下走了进来，看着满屋子的人，他顿时明白了朋友的用意，略有羞涩略带尴尬地坐在了桌边。

后来陈竹隐在《朱自清：情如潭水》中回忆起两人第一次见面的场景："那天佩弦穿一件米黄色绸大褂，他身材不高，白白的脸上戴着一副眼镜，显得文雅正气，但脚上却穿着一双老式的双梁鞋，显得有些土气。回到宿舍，我的同学廖书筠笑着说：

第三章 一缕绕指柔，一生相思爱

'哎呀，穿一双双凉鞋，土气得很，要是我才不要呢！'"

然而爱情总是不讲道理的，这个穿着双梁鞋的土气先生，却一步步走进了陈竹隐的心中。

陈竹隐于1904年出生在四川成都一个世代书香的家庭，没落的家族日子虽然过得清贫，却丝毫没有在孩子的教育上马虎，陈竹隐从小就被送到私塾接受启蒙教育，后来大了，哥哥们也会带着《小说月报》这样的进步期刊给她看，她自小便是有独立思想的新式女性。随着父母的相继离世，悲痛之余，年少的陈竹隐独自走向了自己的广阔人生。

十六岁，考入四川省第一女子师范学校，毕业后，考入了青岛电话局做接线生。工作只是她筹措学费的权宜之计，一年以后她又考进北平艺术学院，师从于齐白石、萧子泉、寿石公等著名国画大家，专攻工笔画；同时还兼学昆曲。1929年毕业以后，到北平第二救济院工作，后辞职做家庭教师，继续在红豆馆主溥西园门下学习昆曲。

这样精彩绝伦的女子本身就是一道亮丽的风景线，她坐在席上，朱自清只觉得自己的眼光不受控制地想要望过去、望过去。那个清秀的女子，一举手一投足自有诗画一样优雅的韵味在其中，就像是一朵兀自绽放的清莲，笼着轻纱一样的秋月。

陈竹隐很早就读过朱自清的文章，她所看重的是那土气装扮背后的灵魂，她敬佩能够发掘美呈现美的朱自清，她也很同情他现在的境况，所以当朱自清来信相邀，陈竹隐很干脆地赴约了，就像她说的："以后他给我来信，我也回信，于是我们便开始交往了。"一切都是那样自然而然。

那时候，"因为一个住在清华，一个住在城里面，中南海，来往也不是特别方便，那个时候清华有校车，每天的话从清华发到城里头再回来，要来往的话就靠校车这么交往，没有来往的时候，就靠信，就靠信件，所以那个时候写信写得比较多。"信件就像是发酵剂，在越来越多的交流中两人很快为彼此所吸引，感情迅速升温。

朱自清在1930年12月11日给陈竹隐的信中写道："昨晚且宜的菜不坏，觉得在黔汤馆之上，希望这个星期六再去吃一回，若你高兴，我还想约你去看电影。"他们已经不满足于书信的联系，迫切地渴望建立更加真实的关系，于是就像当时任何一对热恋的小情侣一样，土气的朱自清先生，也开始了电影、餐馆、郊游的新式恋爱。

这一切都建立在自由平等的基础之上，没有家庭的干涉、没有强加的约束，一个有才情的学者、一个活泼博识的女子，互相为彼此丰富精彩的灵魂所吸引，自发地向对方靠近。光影交错的剧院里他们可以就一句台词讨论良久、精致的餐馆里一饭一汤都见证着爱情的萌发，无论是古典文学还是西方文学，无论是戏曲表演还是诗词书画，他们都可以轻易地找到共同话题，心与心的交流是前所未有的畅快。

秋日黄昏里，他们曾相约在层林尽染的西山观赏红叶，看着满山红透的枫叶，陈竹隐心随眼动，随口吟出了杜牧的诗："停车坐爱枫林晚，霜叶红于二月花"。朱自清心头一动，即兴改编唐诗："枫叶罗裙一色裁，芙蓉向脸两边开，乱入林中看不见，闻诗始觉有人来。"陈竹隐听出诗中的情意之后，刹那间羞红了脸。

第二天，朱自清收到了一封特别的来信，用锦缎包扎好的一束红叶。他因这份礼物感动不已，伊人羞红的脸庞在他脑海中浮现，如此秀丽可人，怎能叫人不心跳加速呢？

这个活泼大方的女子给朱自清带来了前所未有的感受，她几乎就像是一团炽热的火焰，把朱自清已经冷却的爱的欲念重新点燃了。他把所有的情感都寄托在书简中，一封封热烈的情书飞向陈竹隐。

他觉得散步都是甜的："自然，更有意思的是我们的散步——其实应该老老实实说是走路！可惜天太冷了，又太局促……希望下一个星期有一个甜的——当然还是散步！"

陈竹隐调皮地回复："原来散步还有'甜'与'不甜'之

分?这也是第一次知道。很盼望能实际领教。"两人的散步究竟甜不甜恐怕是不能为外人道了,只不过这信件里的甜蜜却是越来越浓了。

朱自清在1931年1月28日的信中写道:"隐弟,这一回我们的谈话似乎有一点和以前不同的地方,就是我们已渐渐地不大矜持了。"这个在世人眼中一直都是"整饬而温和、庄重而矜持"的朱自清先生,究竟说了些什么不矜持的话无从得知,只不过,他们两人很明显地陷入了热恋。朱自清这一时期的工作也因爱情而注入了新的活力,他在清华大学中文系第一次开设了"中国新文学研究"的课程,具有开创性的功绩。

正如他在一封情书中所写的那样:

> "隐:一见你的眼睛,我便清醒起来,我更喜欢看你那晕红的双腮,黄昏时的霞彩似的,谢谢你给我力量。"

可以说,因为陈竹隐,他整个人都重新活过来了。

可是这爱情在带来力量的同时,也带来了甜蜜的隐忧。

对于年近二十七岁的陈竹隐来说,这是她第一份爱情,是她自己选择的恋人,可是一旦他们的爱情想要更进一步的发展,她说面对的将是朱自清庞大的家庭——她将直接成为六个孩子的继母。这多少有些难以接受,她自己都还是个求学的孩子。随着两人情感的升温,这样的担忧也就越来越沉重,她不知道究竟应该如何选择,不觉对朱自清有些疏离了。

因为恋人的犹豫,朱自清也陷入了惆怅的境地,在信中述说着自己无法排解的忧虑:

> "竹隐弟:这个人的名字,几乎费了我这个假期中所有的独处的时间,我不能念出,整天看报也迷迷糊糊的!我相信是个能镇静的人,但是天知道我现在是怎样扰乱啊!"

短暂的迟疑之后,爱情的力量终究占据了上风,她折服于朱自清的才华和人品,他们根本就放不下彼此了,于是,纵是千难万险,她也头都不回地走进了朱自清的生活。

陈竹隐在《朱自清:情如潭水》一文中曾写道:

> "我与他的感情也已经很深了。像他这样一个专心做学问又很有才华的人,应该有个人帮助他,与他在一起是会和睦幸福的。而六个孩子又怎么办呢?想

> 到六个失去母爱的孩子是多么不幸而又可怜，谁来照顾他们呢？我怎能嫌弃这些无辜的孩子们呢？于是我觉得做些牺牲是值得的。"

1931年5月18日的晚上，朱自清在如水的月光下写了这样一封信：

> "隐：十六那晚是很可纪念的，我们决定了一件大事，谢谢你。想送你一个戒指，下星期六可以一同去看。"

至此，朱自清和陈竹隐正式订婚。他们的生活和生命，从此成为一体。

然而好事多磨，刚刚订婚的陈竹隐和朱自清很快就面临着分离。

1931年8月，朱自清留学英国，进修语言学和英国文学，后又漫游欧洲五国，花费了将近一年的时间。这一年里，他们隔着浩瀚的海洋彼此思念，书信成了两人之间唯一的联系。在这一阶段的信中，朱自清已对陈竹隐换了称谓，从正经的"竹隐女士"到略带亲昵的"隐弟"，此时又换成了格外亲热的"亲爱的宝妹"。

他说:"我生平没有尝到这种滋味,很害怕真会整个儿变成你的俘虏呢!"

七十五封情意绵绵的书信将两人的距离缩短了,他们的心始终都依偎在一起。后来,陈竹隐把这些书信视若珍宝,收藏了一生。

一年后他游学归来,两个人在上海举行了婚礼,他们的好友沈雁冰、郑振铎、叶圣陶、丰子恺等人都曾前往祝贺。

她终于战胜了自己的怀疑和犹豫,全然地接受了他的爱,他的家庭,他的过去。从今往后,将成为他的妻,他孩子的母亲。

嫁给这样一位才情斐然、声名在外的大学者,面对一大群需要照料的孩子,陈竹隐早就做好了牺牲的准备。为了让朱自清全心创作,她放弃了自己的个性、自己的艺术追求,这双执丹青的手开始做羹汤了,这个唱昆曲的女子开始用同样的嗓音唱摇篮曲了,她退居在丈夫身后,把自己的生活她变成了简单、单调的重复。

她没有办法再去继续婚前自己的理想,一大家人仅仅靠朱自清单薄的工资供养,她只能把全部的心思都花在精打细算、柴米油盐之上。

可是这样的生活渐渐让她产生了怀疑,她没有自己的世界了,夫妻之间的交流似乎也变少,孩子们的嘈杂成了她生活的主旋律,她忙着安排衣食住行,忙着招待客人算计收支,忘了有多久没有收到过朱自清的情书了。

她毕竟是一个刚刚进入婚姻的小女子,曾以为爱情会永远都是甜蜜的,如今却只能在一地鸡毛的琐屑里一日比一日老去。她有些害怕,有些不甘,自然也就有了小情绪、小别扭。

朱自清却是被武钟谦惯坏了的,他从来不认为妻子为自己打理家务有什么不妥,他不理解陈竹隐的不甘和抱怨来自何处。他甚至开始怀念起逝去的前妻了,他怀念那个超人一样把一切打理得井井有条的女子,这样两人的矛盾和裂隙只能是越来越大。

最后,他终于想起来眼前这个女子是陈竹隐,是一朵骄傲的红玫瑰。他想起她满腹的诗书才情,想起她搁置的画笔和昆曲,想起她生动活泼的眼光来,他终于了解到自己的妻子做出了多大的牺牲,自己竟然把这一切视为理所当然。他做出了改变,抽更多的时间陪着陈竹隐聊聊文学,听听戏,偶尔也到西山故地重游一番,于是她眼中的光渐渐回来了。

只要他真心在意自己,牺牲一点又何妨呢?

抗日战争爆发后,朱自清随清华大学南下长沙,1938年3月到昆明,任西南联合大学中国文学系主任,并当选为中华全国文艺界抗敌协会理事。为了减轻朱自清的生活负担,陈竹隐独自带

第三章　一缕绕指柔，一生相思爱

领八个孩子回到成都，两个人越来越壮大的家庭全都由她一力承担，在动荡的年代，唯有遥遥相望的彼此是对方的依靠，他们的感情也在褪去最初的火热之后，渐渐沉淀成了深厚的亲情。

她始终把他的孩子视如己出，母子之间的关系一直都很不错。和睦的家庭环境正是朱自清能够全身心投入工作、投入文学的后盾，他始终都知道，家里有妻儿在等自己，有她在，他大可在理想的路上一往直前。

1948年6月18日，他在《抗议美国扶日政策并拒绝领取美援面粉宣言》上签名。从这一天开始，他宁愿忍受着饥肠辘辘的折磨，也要家人拒绝食用美国援助的面粉。他在这天的日记上写道："此事每月须损失六百万法币，影响家中甚大，但余仍决定签名，因余等既反美扶日，自应直接由己身做起。"他的节气和骨气，始终都是一个文人最宝贵的财富。

1948年8月12日，朱自清因患严重的胃病不幸逝世，享年五十岁。

他去世之后，她收拾起悲伤。还有许多儿女需要仰仗自己，她根本就没有时间去软弱。

此后的四十多年里，她一边把孩子培养成人，一边参与朱自清全集的编撰。为此，她把朱自清生前的手稿、文章、实物全部整理捐献出来，只给每个孩子留下一封朱自清的信作为纪念。她知道，他的每一个字每一句话都已经在时光里深深刻写在了自己的生命里，她活着，本身就是最好的纪念了。

  1990年6月，陈竹隐去世。这段清如湖水、皎若月华的爱情也随之离开人世。

  回顾他们的爱情，只觉清澈如水晶，原来爱到深处，并不是浓郁的蜜糖、不是发酵的美酒，而是最简单纯粹的一掬清水。永远都不会变质，永远都不会失去初心。

第四章
是诗是画是爱情，是梦是幻是疯魔

白薇致杨骚:
无论如何请来吧,我在等你

爱情究竟珍贵在何处?

于灵魂的相通?于忠贞的相守?抑或是柴米油盐的平凡生活?一千个人心中,可能会有一千个迥然不同的答案,毕竟在爱情这件事情上,每个人都有每个人的标准。甲之蜜糖,乙之砒霜,谁都不可能把自己的想法强加在他人身上。左不过就是相遇、相识、相知、相守候或者相离分的固定模式,却从来没有人的爱情故事会与他人雷同。

没有人知道火对于飞蛾而言意味着什么,以至于竟要拿生命做代价来奔赴。一场奋不顾身的爱情究竟值不值得,永远都只有当事人心中有答案,旁人对此就算有再多感悟,也不过只是一个观众。

白薇与杨骚之间的爱情,只能用一生痴缠来形容。

在外人觉得她不应该原谅他的时候,白薇接受了;在世人觉得白薇应该接受的时候,她放弃了。

入骨相思知不知

这个女子对于爱情的追求,总是叫人隔云隔雾,看不清楚。

她在最需要爱的时候遇到风流才子杨骚,从此生命的主题就只有追赶和等待,这相遇究竟是一场盛大的狂欢还是一场寂寞的烟火,个中滋味,只有她自己知道了。

白薇曾经是出了名的美人,她面容清秀身姿窈窕,所有的灵气都呈现在一双清明的眸子里,像深邃的湖水一样,叫人一旦注视就难以挪开眼睛。就连鲁迅先生在第一次见到她的时候,都戏说着"有人说你像仙女……"这样的话。

可是在白舒荣为她所写的小传中,白薇最后一次出现在众人视野中却是苍老到气质尽失的模样:

> "一个在1894年出生的人,活到现在,当然不能指望有多漂亮,但作为女作家,她起码还应高雅端庄,饶有风韵;而眼前的这位老人,头发稀疏蓬乱,脸上褐色老年斑像织了网的蜘蛛,眼睛被上下眼皮挤成一条缝,身上一件蓝布大襟棉袄,棉袄底边上白色缝线的每个针脚都足有半寸多长……尤其当她扶着两根棍子站起来的时候,不由使我想起风雪中乞讨捐门槛的祥林嫂。"

第四章 是诗是画是爱情,是梦是幻是疯魔

的确,时光流逝年华老去是一桩叫人觉得心惊胆战的事情,美人迟暮也着实令人叹惋不已,可是不该是这样的。她不仅是出名的美人,她更是有名的才女,一个人的容颜的确会随着岁月逝去而褪去光彩,可是一个人的气度却是很难改变的,并诗书浸润的白薇,自有她独特的才情和思想,这些东西即便在她垂垂老矣的时候也应该是发着光的,应该多少留下一丝优雅风韵的痕迹呀。

她却像是被生活洗劫一空了。

她的确是被生活洗劫一空了。不说别的,单单是她的爱情,就是一场万劫不复。

白薇原名黄彰,1893年2月出生在湖南省资兴市一个士绅家庭,和丁玲一样,是出自湖南的女作家。

她的父亲黄晦,早年曾远赴日本留学,曾是同盟会的成员之一,还参加过辛亥革命。从人生经历这个角度来看,黄晦的性格中应该有开明、先进的成分在,可是他却是一个极其复杂的矛盾体,他一方面接受着最新潮的思想冲击、参加最具革命意义的社会团体,一方面他又是不折不扣、冷酷无情的卫道夫,他近乎偏执地维护着宗族礼法带给自己声名地位,亲手将自己的女儿一个一个送进封建婚姻的坟墓。他革命,却从未想过革自家的命。

这样一个偏执冷漠的父亲,再加上一个虽然精明能干却愚昧

无知的母亲,亲手造成了白薇声名中的第一场灾难。

她十六那年就被许给了李家,李家的少爷是遗腹子,被他母亲从小娇惯得蛮横粗暴,李家婆婆更是远近皆知的恶人。在学校接受过新式教育的白薇,脑袋里肯定会有追求爱情和自由的思想,她不可能乖乖接受包办婚姻,更不可能甘心嫁到这样一个封建愚昧的旧家庭。她反抗、她求情,父母却像陌生人一样丝毫不顾及她的情绪,强行将她推入了火坑。

李家同样不能接受一个有文化有思想却无甚嫁妆的媳妇,他们母子从来都是一体的,一起将最重的家务活留给她,一起对她拳打脚踢,最严重的一次,婆婆竟然咬断了她的脚筋。

她再也不堪忍受这样的遭际逃回了娘家,母亲尚且心疼自己的女儿,父亲却板着脸让她回去,说什么嫁出去的女儿断然没有自己回来的道理,后来还是在舅舅的帮助下才暂时回到学校读书。

十六岁的年纪,她的婚姻不仅没有爱情,甚至让她连亲情都一并失去了,她被迫独立于家庭,被迫承担起生活的重担来。后来,被父亲不懈地追捕所迫,她用所有的积蓄买了一张船票,远远地逃到了日本。一走,就是将近十年。

在自己四妹被迫出嫁的时候,她连连寄回多封书信讨伐自己的父亲,其中曾说道:

第四章 是诗是画是爱情，是梦是幻是疯魔

"我且离开父女的地位，像兄妹那样，坦白地说道理吧！你处处退让，一向让母亲逞能，听她操纵一切，她做错了，她也不扭转过来。这对吗？把女儿做人情，乱七八糟断送女儿的前途，一个个全都投进苦海去，你全不管，也不心痛。你全没有责任吗？母亲把女儿做第一道人情，订了婚，你就附和着做第二道人情嫁出去，而且是那样悲惨地嫁出去，演着人生鲜有的悲剧。你的良心忍吗？害得一窝儿女在痛苦里煎熬。以你一个革命者，何以竟做出这样惨无人道的事来？！在你们是及早把女儿嫁了，完成任务。在女儿是比卖到妓院还遭殃。这些苦痛，你都看不到吗？如果看得到，而忍心一做再做，只管你们的人情做得厚，不管女儿怎样痛苦、悲哀、凄惨，生或死，或浮沉在生死线上，那惨苦难堪的岁月，等于把女儿赐死，比断送于无穷无尽的苦痛里还可怕啊！"

这是一个女子和着血泪的控诉，她无法选择自己出身，她无法选择自己的父母，可是她却截然不能够把自己的人生交给这样冷血的父亲随意处置，她不是一件可以任意安排的器具，不是为了家族利益就索性送出去的礼物，她是一个活生生的人，有感

情、有爱恨、有思想。

1917年她到达日本的时候无依无靠，家中仅仅寄来七十元就彻底断了关系，生存本就不易，何况还有心向学。贫病交加的日子里她什么活都做过了，家庭女佣、咖啡店侍女、卖水的女工她全都尝试过了，最终完全凭借自己努力叩响了日本最好的女子学校的大门，公费读书，日子才算稍稍好过了一些。

这些年她所经历的贫穷、疾病、独在异乡的寂寞、为命运不公而生的愤慨实在不是常人可以想象的。然而她终究是坚强地熬过来了，并且走上了她自己所选择的"以文学为武器，解剖封建资本主义的黑暗，同时表白被压迫者的惨痛"的理想道路。

她生命中的爱情，也悄然来到了。

1924年的春天，杨骚就像是一片樱花一样，悄然降临了白薇的生活。他们相识于一个中国留学生所举办的郊外聚会，东京的天空同样瓦蓝一片，却总归缺少了一点家的味道，这群同在异乡求学的年轻人，总是有很多共同的话题可以聊，比如文学、比如生活，比如贫弱的家国。

白薇与杨骚相遇的时候，已经三十一岁了，她还从来都不知道爱情是什么滋味。她称自己是"三无"女人：生无家，爱无果，死无墓。

彼时的杨骚才24岁，心里还盛放着对一个姑娘的思念。

第四章　是诗是画是爱情，是梦是幻是疯魔

作家青禾在《杨骚传》第一章《漳州之子》这样解释杨骚的笔名："骚，就是发牢骚。这个骚字是对社会的不平与愤懑，也是对自己的不满，对命运的怨恨。他既反抗社会的黑暗，又不断地挣脱个人情感和命运的羁绊，他永远和这个'骚'字紧紧相连。由于飘泊（漂泊），他的'骚'总是带着凄凉。"凄凉的杨骚从出现的一开始，就带着这样种种激越的情绪，他本质就是火一样热烈的存在。

杨骚于1900年出生于福建省一个贫寒的农民家庭，但是他的生活中并没有什么关于饥寒的经历，他从小就被过继给了堂叔杨鸿盘。

杨鸿盘是晚清举人，爱诗文、喜山水，有名士之风。他没有孩子，将杨骚视如己出，对他的教育也是花费了很大的心血。从私塾、小学、中学，再到1918年留学日本东京，入东京高等师范学校就读。养父母一直都给他提供了最好的经济支持，让他生活无虞，能够安心于学业。

但是知晓自己出身的杨骚一直都对贫苦百姓有一种本能的同情，他一边生活优越一边觉得自己不该享受这样的优越，在长久的矛盾和分裂中养成了一种怯弱、多疑的性格。

这样性格不同、命运同样不幸的两个人在漫天樱花的东京相爱了。

入骨相思知不知

他们有着同样不完满的家庭生活,于是惺惺相惜,在陌生的国度里能够相拥取暖。他们有着完全不相同的个性,此刻却成为足以互补的源泉,她给了他一个倾诉的端口,给了他生活的指导。他浪漫热烈的诗人气息点燃了白薇的爱情火炬。

在给杨骚的信里,她解释了自己名字的含义:"白='枉然'='空',我是取枉然与空的意义……我是深深悲哀的命名。"这样一个连名字都透出绝望和清冷的人,一旦被点燃,她身体里的每一个细胞就都活跃起来了,她全身上下的血液都因这爱情的注入而变得滚烫,她为此疯魔了。

一开始,她尚有疑虑:"统计我过去的生涯,没有一文价值。你为谁记起我来?我哪点值得你来欢喜?"

当这样的担忧得到恋人火热的回应:"你不知道,我是多么爱你。我爱你的心、灵、影,爱你那艰苦奋斗的个性。因此,我的心灵也完全交给了你。你是我在这世上寻来找去的最理想的女子。"

她就彻底沉沦了,在一封写给杨骚的信中,把自己所有的情感都融在了笔尖:

雏弟:

昨天为你买了音乐会的入场券,今天从K处回来,

第四章　是诗是画是爱情，是梦是幻是疯魔

正想写信给你，便接到了你这封好像报悲的信。我终日不离开手地读了几十遍，不，两百遍也读过了。

爱的维，如果你也真的在爱我，你应该感着我今天一天为你烦恼的心罢〈吧〉？在爱的火开始燃烧的时候，即使怎样苦，也像蜜一样的甜。

爱弟，你所说的话我都能够谅察。你现在的心理状态，正如我今年正月的心理状态一样。我由一场热病，把"死"本身痛快地烧死了。我觉得过去，悲哀，理性，现实中的一切，都在炎炎地燃烧着的净火中烧掉，而只剩着纯粹的血清在心里营着不可思议的作用，形成了现在这个无邪气的我的躯体。所以现在的我只是个小孩子，我对你的爱是天真的。

维弟，我的小朋友，好像天使般地和我交际罢！不然，我会哭，不断地哭。

不待说我最初对你的爱就觉得有点奇怪，但你不也是同样吗？可是明了地说起来，我们还是无邪气的爱的成分多几倍。爱弟，我非爱你不可，非和你往来不可。你要尊重我的无邪气，不要把我无邪气的可爱的灵魂杀死！不要认为我的爱单单是男女间的恋情。晓得吗？

入骨相思知不知

> 尝过种种苦痛的我,是不怕什么命运的,等,等,等几年几千百年的这种蠢念我不来。我生来是顽强,我要怎样就怎样,我还是任自己的心意行事吧。
>
> 维!愿你让我们的命运自然地轮转下去罢!

她简直就是在信里呐喊了,她心底里奔涌不息的强烈感情根本就不是蠢笨的笔可以描写的,根本就不是单薄的信笺可以承担的。有时候,她很像是溺水的人突然攫住了救命的稻草,杨骚的一丁点真心就足以叫她疯狂了,她从来没有像这样被人爱过,所以这爱情让人失去了理智,让人重新成了天真的孩童,让人只想永远无止境地爱下去。

或者说,白薇爱的,只是她理想中的爱情。

这爱情的投入一开始就不对等,在花蝴蝶杨骚心里,这只不过是一个美好而短暂的邂逅,他爱她,但是不只爱她。白薇狂热的渐渐叫他招架不住了,他没办法用同样的真心回报她,他们开始争吵,开始怀疑。

杨骚曾说:"我觉得你和我是偶然被幽囚在同一的紫色绢帷中的白鹅鸟,我在里面盲目地热情地飞舞、叫,你也是。因此,大家生出一种同情,而爱,而怜,时时吵架时又和好。"这话虽然有些无情却是理智的,他们的爱情,本就混着这同情、怜

第四章　是诗是画是爱情，是梦是幻是疯魔

悯的成分，一旦这些杂质慢慢变质了、挥发了，爱情也就陷入了困境。

而白薇根本就无法全身而退了，她陷入越来越深的泥沼，她用尽全身的力气想要让对方也和自己一样为爱痴狂："你爱到极点的时候只想死。爱死，是爱的无上的伟大。爱死好象（像）是你的爱的唯一的结局。"

结局却不是这样，结局是杨骚为另一个姑娘，从白薇的热恋里仓皇出逃。

他甚至都不敢告别，害怕这个疯狂的女子做出些什么无法收拾的举动来。直到回到杭州，他才敢在心中袒露自己的无情，他说："十二分对不起你，没有和你告别。"他承认自己爱着别人，他劝白薇："莫伤心、莫悲戚、莫爱你这个不可爱的弟弟。"却没有劝住为爱孤注一掷的她，一个星期之后，她追来了杭州，敲响了杨骚的门。

突然想到另一个为爱千里奔赴的女子，骄傲的红玫瑰撞破了胡兰成的背叛，铩羽而归。白薇虽然没有直面杨骚的多情风流，却也同样是千山万水换来一场悲剧，他简直要被这个女人盲目地爱逼疯了，他朝她怒吼，他将她冷落，再不行就接着逃。浪漫的杭州西湖，此刻却只有阴冷的梅雨，淅淅沥沥下个不停，倒像是女人的抽泣。

入骨相思知不知

> "我十二分的想你。凄凄切切地，热泪如雨滴。我的心痛极了，天天哭上三四回。我只想看你，不知道为什么要看；我只要爱你，不知道为什么要爱……"

相爱的时候，这眼泪最能惹人怜惜，不爱的时候，却唯恐避之不及。

他逃回到漳州老家，她的信件追来了；他逃到新加坡做了一名穷教员，不久，她的信又尾随而来。她像是牛皮糖一样，甩都甩不掉。他在极其烦躁的境遇里给了白薇回信，信中这样写道："我是爱你的呵！信我，我最最爱的女子就是你，你记着！但我要去经验过一百女人，然后疲惫残伤，憔悴得像一株从病室里搬出来的杨柳，永远倒在你怀中！你等着，三年后我一定来找你！"

果然是曾经熟悉的爱人，他清楚地知道最痛的伤口应该戳在哪里。

她不再来信了。带着满身的伤痛和破碎的心回了日本，结业后放弃了两年官费研究生的机会，离开了惹人伤心的日本，只身回国。

那一段时间，她几乎是捧着心在写作，似乎只有不停地写才

第四章　是诗是画是爱情，是梦是幻是疯魔

能稍稍排解爱情的失意。她写戏剧，写小说，写诗歌，大量的作品面世，被称为"突然发现的新文坛的一颗明星"。然而背后的伤痛却只有自己知道了。

1927年10月末，一个晴朗的秋日午后，他回来了。

她本来正在伏案写作，房东叫着有客人来了，放下笔，站起身，就看见"窗下的人，瘦削、漂亮、年轻，感伤的诗调，风姿迷人，眼睛闪出魅人的瞳光，啊！是你，是你，是你，三年阔别的你！"

他只问了一句"你好吗？"就把她这两年来的伤心、愤怒、怨恨全都轻易地化解了。连她自己都觉得自己不可理喻，何况别人。

他们很快就生活在一起了，短暂的别离之后似乎叫人更懂得珍惜了，他不再对她发脾气，她的热忱也稍稍收敛一些，他们两人此时都把共同目标对准了文学，在同一个小房子里写作，各自有各自精彩的艺术世界。生活过的居然有点像相敬如宾的夫妻。

于是他们商量着结婚了。

拍结婚照，购置家具，邀请亲友，连喜帖都是两人一起写的。

结婚那一日，高朋满座，所有的人都惊异地望着新娘子白薇，因为她的新郎在最关键的时刻逃跑了，再一次把她抛弃了。

入骨相思知不知

她第一人站在自己的婚礼上,望着两人甜蜜的新婚照片,只觉得一颗火热的心彻底凉了。

她无意去追问杨骚究竟去哪了,也不想知道他为何又逃跑,是一开始就是敷衍,还是事到临头才后悔都是一样的,都不重要了。

杨骚刚回来时,她曾在诗中说:"潜伏的爱,经过了多年的潜伏,该变为火山的冷熔岩,但你来又投进火星一点点,使我潜伏的爱呀,将要像炸弹一样地爆发!"如今这爱情,猛烈的爆炸了,就像烟花一样,爆炸之后只留下满地狼藉。

他或许爱她吧,但是他肯定不会永远爱她。

他们曾经一起整理了一本情书集,取名"昨夜",意为"弃我去者,昨日之日不可留"。如今,在生活困难的境地里,她把这本情书都卖了。白薇在《序诗》中写道:"辛克莱在他《屠场》里借马利亚的口说:'人到穷苦无法时,什么东西都会卖。'这话说明了我们的书信《昨夜》出卖的由来"……"像忘记前世的人生将忘记这一切,割断了的爱情,虽用接木法也不能接,过去的一切如幻影,一切已消灭"……"出卖情书,极端无聊心酸。和'屠场'里的强健勇敢奋斗的玛莉亚,为着穷困到极点去卖青春的无聊心酸!"

从此于白薇来说,这段纠缠了数年的爱情,已经被毅然决然

第四章　是诗是画是爱情，是梦是幻是疯魔

地斩断了，她的爱情已死，不可能复活了。

这也就解释了他们后来的重逢。在抗战后期，两人都机缘巧合地来到了重庆，你看，只有爱情会轻易改变，虚无的梦想两个人倒是比谁都坚定。多年的贫病折磨下白薇的身体早就垮了，她在重庆旧病复发，突发高烧，昏迷了几天几夜。

就是在这样的情况下杨骚再见到了白薇，他看到瘦弱的不成样子的她，意识到这中间多少有自己的过错，竟产生了一种"复活"式的忏悔心理，他很想弥补，想救赎。于是悉心照料重病昏迷的白薇，寸步不离，一直守候了七天七夜直到她高热褪去，重新清醒过来。

然而，她刚能起床，就倔强的扶着拐棍，回到了自己简陋的小屋。全然不顾杨骚温柔的告白和朋友们自以为是的好意。

她说："缠绵于不可挽回的旋涡（漩涡）中，尽做迷梦，你也许比我情长些。情长用在恰到好处的时候，那是一种伟大，但用在好事不成的时候，便是愚蠢的费力，徒深化这出闹不清的悲剧。悲剧，我演够了，再也不愿做悲剧的主角了。"

她说："你现在变成一个完全的好人了，在这一转变下，从此，你栽在我心里的恨根，完全给拔掉了，你在我身上种下无限刺心的痛苦，已云消雾散了……我快乐，我将一天天健康起来！这不能不对你的转变作深深的感激！"

189

入骨相思知不知

她的爱情早就死去了,不可能复活了。

她从来都是自己爱情的主人,爱起来疯狂到叫人害怕,一旦决定不爱了,也断然不会因为别人的改变而转圜心意。她不爱了,也就只是不爱而已,对自己爱过的人,即便全世界都非议他,她也不肯以恶意加之。

爱便爱了,爱过便过了。

朱湘致刘霓君：
我给了你诗意的世界，却失去了安稳的幸福

民国多才子，这是毋庸置疑的。

古老的东方诗文与浪漫的西方文明在历史的长河中第一次会面，便孕育出了一个属于文学的黄金时代。拴在思想上的枷锁一旦被打开，便会有无数璀璨的星辰井喷式地涌现出来，那个时期的文学团体和流派如雨后春笋一样层出不穷，各种期刊更是雪花一样漫天飞舞，所有渴望自由的灵魂，都在争先恐后发出自己的声音。

民国盛产诗人，其次盛产才子佳人的爱情。

并非所有的包办婚姻都是悲剧，有时性情相投的两个人反而能在结婚之后慢慢开始恋爱，从而白头偕老。同理，并非所有的自由恋爱都有美满的结局，爱情刚刚到来的时候总是热烈而疯狂，却也会随着时间的流逝逐渐被柴米油盐消磨殆尽，从而一拍两散。

1933年12月5日凌晨，一个年轻人在甲板上一边饮酒一边吟

诗，他似乎有无尽的哀愁需要排解，他落寞的眼神似乎经历了世间所有的风霜。汽笛长鸣，轮船即将抵达南京的港口，从船舱中出来的人，目睹了一个诗人的陨落：他喝完瓶中最后一口酒，纵身跳入了滚滚的波涛中，瞬间就被黑暗的江水吞没了。

刺骨的寒冬，那人却像喝醉了酒一样，没有丝毫的迟疑就直直地跳了下去。

或许有人认识，那个人正是被誉为"中国济慈"的青年诗人朱湘，正是那个狂狷倔强新月诗人朱子沅，这一年，他才二十九岁。

诗人之死被赋予了多重含义，有人说，"朱先生的脾气似乎太孤高了一点，太怪僻了一点，所以和社会不能调谐"，他最终被自己的孤僻逼到了独立无援的境地，内心的愁苦无人理解，只能以死作为终究。也有人说，"生命于我们虽然宝贵，比起艺术却又不值什么……我仿佛看见诗人悬崖撒手之顷，顶上晕着一道金色灿烂的圣者的圆光，有说不出的庄严，说不出的瑰丽"，将朱湘的自杀看作对艺术的献身。

然而其中复杂的内心变化，除了他自己不会有第二个人知晓了。

他有一首《葬我》：

第四章　是诗是画是爱情，是梦是幻是疯魔

> 葬我在荷花池内，
> 耳边有水蚓拖声，
> 在绿荷叶的灯上
> 萤火虫时暗时明——
> 葬我在马缨花下，
> 永做芬芳的梦——
> 葬我在泰山之巅，
> 风声呜咽过孤松——
> 不然，就烧我成灰，
> 投入泛滥的春江，
> 与落花一同漂去
> 无人知道的地方。

如今却成了一语成谶，他虽没有化成飞灰、没有落花相陪，却终究是在泛滥的江水里往无人知道的地方去了……

他生命中唯一一份爱情，也就此夭折。

朱湘孤傲怪僻的性格与他从小生活的环境密切相关，他于1904年出生在湖南沅陵，朱湘的父亲朱延熙官至二品，母亲则为张之洞弟弟张之清的女儿，他是家中最小的孩子，年仅三岁就失去了母亲。在一个孩子的成长过程中，母亲正是温柔多情的代名

词，母爱是多少诗人歌咏不休的主题，可是在朱湘的记忆里这只是一片空白，他甚至还来不及记清楚母亲的模样，就已经永远地失去了她。

十岁那年，他的父亲也永远离开了人世。这样接二连三的沉重打击将小人儿的心加上了封锁，他幼时便总是沉默的，他不解为何在一场热闹的丧事之后，自己反而成了被剩下来的那一个。他不知为何父亲也像母亲一样丢下他走了，难道是自己做错什么了吗？

幼时的创伤总是会在一个人的成长过程中产生极大的影响，他渴求爱与安稳的家庭，却又惶惶不敢接近，自是从此刻起就埋下了引子。

此后，他跟随大哥一起到南京生活，年龄差距带来了情感上的隔阂，兄长虽然能保障他衣食无忧，却也只能保障他衣食无忧而已。陌生的风土人情、缺乏情感的交流，也没有同龄人的陪伴，朱湘的沉静随着他的年纪一起增长。他读的书越多，脑子里不愿为外人道的想法也就越多，最终都发展成了他性格里叛逆怪谲的一部分。

后来，天资聪颖的朱湘考入了清华留美预科班，当时的北京正好汇聚了国内最先进的思想、最新潮的文学观念，加之清华园的氛围甚是自由开放，对朱湘而言，就是一个完全不同的新世界

第四章　是诗是画是爱情，是梦是幻是疯魔

朝自己打开了大门。他凭着自己的才情，很快就在同级学生中崭露头角，与另外三个喜欢写诗的同学饶孟侃、孙大雨和杨世恩被并称为"清华四子"。1922年，朱湘就已经开始在《小说月报》等刊物上发表自己创作的新诗，他的诗歌既讲究古典诗歌的韵律，又兼有白话诗歌的清丽秀雅，一时之间广受赞誉。

然而自由不是绝对的，他最大的枷锁就来自于父母定下的娃娃亲。他尚在母亲腹中，连性别都不能确定的时候，就被迫与刘家姑娘结下了牵绊一生的缘分，双方父母约定，若同生男孩则让他们结为异性兄弟，同生女儿就让她们义结金兰，一男一女则指腹为婚。

完全凭一己之力走到顶尖学府的朱湘自然不可能心甘情愿地接受包办婚姻，他虽然还没有遇到自己命定的窈窕淑女，却也早就向兄长表明了立场。然而长兄如父，一个稚嫩的学生在封建家庭里怎么可能有话语权？他本以为自己来北京求学可以躲过这桩婚姻，却不想大哥带着刘家姑娘一路追到了北京。

本是兄弟间亲热的寒暄，他却突然瞥见了角落里亭亭玉立的陌生女子，顿时脸色大变。可是刘霓君却满是热情地迎了上来，这个为爱所激励的女子，根本就无视他眼中的寒意，她早就在报纸上看见过朱湘的诗歌，对自己的未婚夫甚是仰慕，此刻她只想诉说自己的崇拜和爱慕。却被朱湘无情地打断了，他拂袖而去，

将这个小姑娘独自留在旅馆里。

朱湘意识到自己的拒绝在兄长处根本就没有起到任何作用,在北京的街头上,他步履匆匆,心中全都是想要反抗的怒火。他想要反抗家庭,却被迫去见了刘霓君;他想要反抗学校早点名制度,却在二十七次故意缺席之后被学校开除了,当时距离他一直渴望的公派赴美留学,仅仅剩下半年时间。

他倔强地离开了清华园:"清华的生活是非人的,人生是奋斗的,而清华只钻分数;人生是变换的,而清华只有单调;人生是热辣辣的,而清华只有隔靴搔痒。至于清华中最高尚的生活,都逃不脱一个假,矫揉!"曾经的骄傲和追逐都变成了不解和反抗,他觉得北京待不下去了,在1923年的冬天,只身前往十里洋场上海滩,幻想靠写作新诗养活自己。

然而一纸文凭远比朱湘所想的要重要得多,他在上海的生活很快就遭遇到了困境,连养活自己都成了难题,大哥的接济和家书一并到达上海,他又一次知晓了刘霓君的消息。因为父亲去世家产被兄长霸占,这个小姑娘竟独自来到上海工作,兄长已经不再提及婚约了,只是希望有机会他能适当帮扶一下。他心里突然生出一丝别样的情感来,许是因为自己刚刚懂得求生的不易,所以对这个女子有一丝担忧;许是因为她的不幸遭际让自己突然有一点同情;许是因为突然看到她坚强独立的一面竟有了一丝欣

第四章　是诗是画是爱情，是梦是幻是疯魔

赏吧。

总之，当朱湘在低矮破旧的厂房中见到瘦弱的刘霓君，心中的感觉甚为复杂，当初的嫌弃和冷漠却是消失了。

此时的刘霓君陷在丧父、被家庭排挤的痛苦之中，除了辛勤劳动养活自己之外根本就没别的念头。再见面，她已不复当初的小女儿情怀，她对朱湘本来就是单纯的欣赏和仰慕，不存在更深的情感，既然被拒绝了一次，自然也不会再傻傻地告白。她对前来探望的朱湘说了一句"谢谢你来看我"，就再无其他言语了。

这次重逢给朱湘留下了很深的印象，他觉得刘霓君骨子里的倔强跟自己很相似，没有了家庭的逼迫和包办婚姻的阴影，他反而渐渐对她生出了好感。在自己经济条件稍稍好转之后，他自此去探望刘霓君，对病中的她悉心照料，两颗年轻的心就这样在异地的风雨里走到了一起。

1924年，他们一起回到南京，举行了婚礼。谁都没有想到曾经极力反对这份婚约的朱子沅，竟会转性爱上刘霓君，并且主动与之完婚，有时候爱情真的是不可理喻的。婚后的日子平静而安乐，他们也在这段时间里有了自己的孩子。

他在一封信里与妻子探讨孩子的名字："小沅定名叫海士，因为他是上海怀的……我替他起个号叫伯智，就是希望他作一个

聪明的人"。"小东定名叫雪,因为你到北京,头一次看见雪,刚巧那时你便怀了小东。并且雪是很美的一件东西。"

语气之温柔、思虑之体贴尽情地流露在其中,一个诗人的浪漫总是叫人心动不已的,刘霓君的文化程度并不高,所以朱湘的信里从来都没有艰涩的辞藻,偶尔碰到有典故的句子,他还要自己先解释一番,体贴入微,不过如此。

除此之外,更浪漫的是刘霓君的名字,正是朱湘思虑再三所想出来的,他用自己心中最雅致最美好的字眼来呼唤她,一声一句,都是甜蜜的爱意:"我替你取的号叫霓君(这两个字我如今多么亲多么爱)是因为你的名字叫采云,你看每天太阳出来时候或是落山时候,天上的云多么好看,时而黄,时而红,时而紫,五彩一般,这些云也叫作霓,也叫作霞。(从前我替你取号叫季霞,是同一道理,但是不及霓君更雅。)"

生活安稳下来之后,朱湘自然会重新拾起纸笔,他一直都不甘心平庸浑噩地活下去,他心底始终都有一个至高无上的艺术殿堂。

1925年夏,朱湘回到北京,依然住在清华宿舍,潜心自己的诗歌创作。这一年因为好友孙大雨的帮助和求情,他重新回到了学校,随后,获得了公费留学的机会,远渡重洋,与自己的妻儿天各一方。

第四章　是诗是画是爱情，是梦是幻是疯魔

当时的朱湘心中还是被光明美好多占据的，他的前途在朝着好的方向发展，他的身后有娇妻幼儿的等待，多少还是完满的。

正是在留学的两年多时间里，他给妻子寄出了九十多封情真意切的书信，诉说着彼此的生活和思念。后来，结集为《海外寄霓君》出版，与沈从文的《从文家书》、鲁迅的《两地书》、徐志摩的《爱眉札记》被合称为四大情书集。

在刚到美国的时候，他向妻子阐述着自己的理想："我如今立了一个志向，要把全世界上许多国家的诗都拿来读。这面芝加哥大学的图书馆很大，我要看的这种书大半都有，你想我是多么快活。大前天本是礼拜，我照例应该写信给你的，因为看书有趣，看忘记掉了。"因为看见有趣的书而忘记写信，这样的朱湘多么真实多么具有活力，他热情向上，对生活满怀希望，他的文字也因此而具有感染人心的力量。

他说自己的梦，说自己的思念："你做梦梦见我很瘦，你不忍心，可见你对我的心肠极好，我听到了是多么快活高兴。我们的爱情是天长地久，只要把这三年过了，便是夫妻团圆，儿女齐前，那是多么快活的事情。能够早回，一定早归。"

"想到这暖和的春天，一切都快活，唯有我独居外乡，不能同你见面，抱你亲你，我简直不知怎样才好。"

这情诗都是朴实的大白话，都是心灵自己发出的颤音，他仿

入骨相思知不知

佛只是一个记录者，并不是费力创造的编纂者。然而这真实的声音往往更能够打动人，原本爱情就是浓妆淡抹总相宜的，不一定非要华丽的装饰才算情真。

在异国他乡，妻子寄来的信件成了价值万金的家书，被他读了一遍又一遍，甚至还编上号码——珍藏："我又把你这封信拿起了看，那信中间每个字我看了都爱，因为我想起了你是怎样写字，写字时怎样一种神气，它们每个字都叫我想起你来。在外国住，孤零零的，实在无味，不过想到将来，又不能不忍耐。"

> "妹妹，你的信我都好好收起，注明号码。那封是那天发的，那天到，我都写得明明白白，好带回家去。我们肩并着肩的从头细看，细数这五年的离情别意。"

简单的言语勾勒的却是最美好的未来，"何当共剪西窗烛，却话巴山夜雨时"，难道不就是这样的画面吗？

他们信中最多的还是日常生活的消息互换，他牵挂着家中两个孩子的生活，他一遍遍叮嘱妻子要照顾好自己切莫不要太劳累，他说着自己的所见所闻，将他觉得美好的画片、发带都当作礼物寄给他的霓君。就连穿久了高跟鞋对身体不好这样的事情也

第四章 是诗是画是爱情，是梦是幻是疯魔

记挂在心上，温柔的劝解妻子："我近来看书，知道高跟鞋是有伤身体的，年纪轻时还不觉得，年纪一老，背骨便要酸痛的不得了。到那时候，你受苦，我想少年时我不曾劝你不穿，我心里也要难受。"

因为离别，他们的感情反而得到了升华，达到了最高的境界：

"你对我的浓情蜜爱，你一心只顾夫君只顾子女不顾自己的精神，我如今看来，教我替你做奴隶我亦不够资格，何况我居然能得你称呼我作亲哥哥，居然能抱在你怀中，这我是多大福气！我最亲最爱世界上更无第二个的霓妹妹，我最敬重的爱妻，你信里说：'哥哥那里去了？哥哥那里去了？我可同去否？我可同行么？又想我是无学问，不能同行，恐终身为此坠落，何等痛苦！'我刚才看到这里，眼泪忍不住淌了下来。由此看，可见你对我之爱情是怎样怎样深，你只记我的好处，你自己的过人之处，别人再也赶不上你的地方，你却一点也不提。最亲的霓妹妹，我如今凭了最深的良心告诉你，你有爱情，你对我有最深最厚的爱情，这爱情就是无价之宝。你居然把它给了

入骨相思知不知

> 我，我便已经十分福气了。我对你只要爱情，不要别的。我只要爱情！假的我不要，我单要真的爱情。我的亲妹妹，你居然把你千真万真的爱情给我了，这我是多么的福气啊！"

满篇都是一个诗人洋溢和喷涌的爱情，他在离别的苦楚中一遍遍回忆自己的过往，发觉最珍贵的东西正是来自妻子的爱，他感谢这份爱，他歌咏这份爱，这爱情甚至一度超越了他求学的渴望。

然而，这样的温柔只留给了自己的妻子，他本质上仍然是那个桀骜倔强的朱湘。

1927年，因为教授公然朗读一篇把中国人比作猴子的文章，朱湘愤然离开了劳伦斯大学。转入芝加哥大学以后，1929年春，朱湘又因为教授怀疑他借书未还再次愤然离去，提前回国。他丝毫不能容忍别人对自己人格的怀疑，对自己祖国的蔑视，他比喻外国为"死牢"，用最偏执的方式维护着个人和祖国的尊严。

1929年9月，回国后的朱湘被推荐到安徽大学任英文系主任，月薪三百元。本以为他在异国盼望了那么多次的甜蜜生活就要变成现实了，他可以携他最爱的霓君畅谈人生了，却不料他们的感情急转直下，迅速地死去了。

第四章 是诗是画是爱情，是梦是幻是疯魔

首先，在美国留学时就存在的经济难题并没有缓解，之前留学生每月只有八十美元，不仅要解决朱湘自己的生活，还要按时寄给国内的妻儿，他们的信中也多次讨论钱的问题。回国之后，安徽大学所允诺的工资常常拖欠，他们的生活反而更加困难了，他们此时生育的一个幼儿，竟然因为没有钱买奶粉而活活饿死了。这件事对刘霓君而言简直就是毁灭性的打击，她深深地认识到这个理想主义的诗人并不能承担起家庭生活的责任，贫贱夫妻百事哀，面包都没有了，又何谈爱情呢？

其后，这样艰难的困境也没能让朱湘略微收敛自己的孤傲，因为校方把英文文学系改为英文学系，他又一次愤然离去。并且大骂，"教师出卖智力，小工子出卖力气，妓女出卖肉体，其实都是一回事：出卖自己！"刘霓君在极度的贫困中不得不靠出卖绣品维持生活，然而朱湘拒绝去工厂上班，依旧全身心扑在他的新诗创作中，她彻底绝望了，两人的爱情消磨殆尽，只剩下无情无尽的争吵，刘霓君甚至提出了离婚。

朱湘知道，他们的矛盾只有改善经济才能解决，可是他的性格注定了他不可能圆滑地谋事，他性子尖刻挑剔，对任何不能接受的人和事都会用文字辱骂，以至于他竟然没有朋友，没有人能在他最困难的时候伸出援手，没有人愿意在他最苦闷的时候前来开解。

入骨相思知不知

学业夭折、工作没有着落,幼子丧命、爱情也随风远去,即将步入而立之年的朱湘只觉得自己的生活糟糕透了。

"我弃了世界,世界也弃了我……给我诗,鼓我的气,替我消忧。"在诗作《我的诗神》中,朱湘这样写道,偏偏在最后,他连写诗的心情和精力都没有了。

1933年12月5日,朱湘用口袋中仅有的钱买了从上海去南京的船票和一些酒,还买了一包刘霓君最爱吃的饴糖,用最落魄狼狈的姿态离开了家。

船还没有到南京,他就纵身跳入了冬日里寒冷刺骨的江水中,离开了这个世界。

朱湘去世以后,刘霓君削发为尼,遁入空门,她已经得到过世上最浪漫的诗人的爱情,却眼睁睁看着这爱情死去了,她的心像那天的江水一样寒冷刺骨,再也无法激起任何涟漪,所以她放弃了这个世界,从此消失在人们眼中。

据说他们的儿子小沅被送入南京的贫儿院。

抗战时刘霓君携儿女入蜀,小沅于四川某高中毕业,后来小沅考上了西南联大,他早慧,才情和性格都颇像自己的父亲。但是他母亲不让他学文学,恐是怕他入魔。

毕竟,这个世界上为诗歌、为爱情入魔的人,有一个朱湘就足够了。

高君宇与石评梅：
我何以有这样弥久的愿望

在封建的中国古代，女子向来都被视作男人的附属品，她们被所谓的宗族礼法剥夺了接受教育、参与经济、政治生活的权利，她们就像是精美的物件，被局限在深锁的宅院闺阁，不见天日。在这样的社会氛围里，古典文学从来都是被男性主导，女子鲜有自己的话语权，就连那些缠绵的闺阁宫怨诗，大多也是男人模仿女性的口吻创作出来的。

然而就像贾宝玉所说的那样，女子是水做的骨肉，她们的才情和灵气从来都不亚于男子，甚至会因为细腻、真切和感性而略胜一筹。所欠缺的，不过是一个突破口而已。

当历史的车轮一路前进到民国，古老的中华遭遇了最严峻的危机，在强大的西方势力面前，旧的社会结构、伦理观念正在全面崩落。这正是万千女性寻找出路的最佳突破口，旧的道德观已经锁不住她们了，一个崭新的平等的新世界就在眼前了，大量的水汇聚在一起，力量自然是惊人的。那些坚韧、聪慧、灵秀的女子正在为了改变命运而积聚，她们被压迫的太久了，此刻就像是决堤的洪水一样滚滚而来，势不可挡，立志要把所有的阻碍和束缚全都冲刷干净。

她们为了解放自己而走到了时代的前沿，她们争先恐后地发出自己的声音，她们迅速进入学堂、市场和战场，为了做人的权利而奋斗。这些灵动的女儿们，多彩而鲜艳，是铿锵玫瑰、是傲霜英华、是民国最独特最美好的色彩。

民国多才女。民国才女有自己的思想，有自己的追求，她们身上完美融合了古老东方的温柔典雅和先进西方的睿智开明，这是一群独立的新女性，是民国的瑰宝。

与张爱玲、萧红、吕碧成齐名的"民国四大才女"之一的石评梅，正是这样的尤物，她才华横溢、理想远大，正像是一朵傲雪独放的高洁梅花。

1902年，石评梅出生在山西平定的一个书香世家。父亲石铭，字鼎丞，乃是清末举人，晚来得女，让石铭甚是惊喜，将之视作上天的馈赠，给予了最多的宠爱和包容。满腹文墨的他替爱女取乳名为"元珠"，学名为"汝壁"，希望她能饱读诗书，养成温润如玉的品性，同时也含有将女儿视为掌上明珠、无价瑰宝的意思。

父母为女儿的启蒙教育费尽心思，三、四岁时父亲就亲自教

第四章　是诗是画是爱情，是梦是幻是疯魔

她认字，平日里慈爱的石铭在这时却是丝毫不放松的严师，哪怕女儿为了一个生僻字学到深夜，他也丝毫不会松懈。石评梅再稍大一些就进入了当地的小学，与同龄儿童一起接受新式教育，傍晚回家父亲又向她传授四书五经、诗词歌赋，从来都没有断绝。她的母亲也是当地小有名气的才女，喜欢书画，在石评梅的教育中同样扮演了良师的角色。

虽然受到了最正宗的儒学启蒙，她却不至于成长为迂腐守旧的卫道士，父母都是开明的，又偏宠这样一个小女儿，自然不会抑制她发展自己的兴趣爱好，平时也会格外注重培养女儿独立思考的能力。

辛亥革命后不久，石铭到省城太原的山西省立图书馆任职，于是石评梅跟随父亲来到了太原，进入太原师范附属小学就读，毕业后直接升入太原女子师范学校。她天资聪颖又勤奋好学，加之有良好的家庭教育作为底蕴，很快就从同龄人中脱颖而出。

某年春节，从小就偏爱梅花的石评梅曾画一幅雪景梅花图，并自己赋诗一首："有梅无雪不精神，有雪无诗俗了人。日暮诗成天又雪，与梅并做十分春。"笔法老练、立意不俗，对梅花的认识颇有自己的独到见解，一时广为传颂，甚至能够引来县城一些知名老学者的观赏和赞誉，晋东才女的声名更是不胫而走。

这样聪慧的女子，又怎会在黑暗的社会里无动于衷？在女

入骨相思知不知

师读书期间,她的反抗思想和组织才能就已经渐渐露出了势头,在一次女师学潮之中,她担任了组织者的角色,校方本来要开除她,后来又因为惜其才学,才恢复了她的学籍。

1919年暑假,石评梅从太原女师毕业,考入北京女子高等师范学校,她本来要报考女高师的国文科,但是当年国文科不招生,权衡利弊之后,考入体育系。

在当时绝大多数人眼中,女子并不需要这样高的学历,认为能够识字读书就足够了。石评梅何其有幸生在一个开明的家庭环境里,父亲在她求学一事上给予了最大的支持和鼓励,他甚至辗转打听到同在北京求学的同乡学生吴天放,多方找人联络,拜托他多多照顾自己的宝贝女儿。

却不料遇人不淑,将自己天真懵懂的女儿送进了一段误终身的爱情里。

在石铭眼中,吴天放是知根知底的山西同乡,是靠自己的努力考进北大的有志青年,他年长,又在北京多生活了几年,自然是有一些经验可以分享给石评梅的。

在石评梅的眼中,这是陌生城市里最熟悉的人了,何况他还是那样风流倜傥。与自己之前所遇到的任何一个男子都不同,他学识渊博、为人良善,能够在生活上给自己最无私的帮助,任何问题到他这儿总能迎刃而解。他还能够在学业上与自己相互切

第四章　是诗是画是爱情，是梦是幻是疯魔

磋，文学、时事、电影，总有聊不完的话题。周末节假日，吴天放就陪着自己满北京城逛，以免她想家感到孤单。她渐渐觉得，自己似乎很盼望见到吴天放……

他当然能够察觉到这个小女孩眼神中的倾慕，他似乎很享受这种被崇拜的感觉，如果能更进一步发展一下，好像也是一段不错的爱情。

吴天放很懂得如何打动女孩子的心，他知道投其所好正是最好的方法。一次两人在公园同游时，吴天放装作不经意把话题引向了梅花，并且恰到好处地拿出了自己精心准备的礼物：一叠精美的印花信笺。石评梅接过这份礼物，才看见每页信笺上都有一枝姿态各异的梅花，伴着古人咏梅的名句："万花敢向雪中出，一树独先天下春"，"江南无所有，聊赠一枝梅"等等，她不经嘴角微微扬起，甚是喜欢这份用心的礼物。更精巧的地方在于每一页的下方都印着"评梅用笺"四字，少女的心顿时被这小小的印章打动了。

听着吴天放讲论南宋范成大的《范村梅谱》，在很多地方都与自己的观点不谋而合，她不禁感叹："想不到吴君对梅花谱有这么深的研究。"

吴天放立刻回应："因为我爱梅！"弦外之音叫石评梅羞涩不已。

入骨相思知不知

这份知音之交很快就发展成了爱情,这是石评梅的初恋,她一直都很庆幸自己遇到了如此合适的吴天放,他浪漫多情、体贴周到,几乎满足了自己对爱情的所有幻想。那叠叫人惊喜的信笺更是成了她寄托情思的不二之选:"情感是个魔鬼,谁要落在他的手中,谁便立刻成了他的俘虏。"想来,这俘虏她是做的心甘情愿吧。

若不是偶然,她根本就不会发现吴天放的小秘密。她从来都是去宿舍找他,这次却突发奇想来到了他的住所,她在巷子口问一个小孩儿吴天放的家在哪,孩子天真地带她前去,她还来不及握住恋人的手,就听到那个小孩儿脆生生地叫了一生"爸爸",然后撞见了他的妻。

石评梅自己都不知道是如何走出来的,她不记得吴天放追来时说了些什么,她脑海中有一个声音一直在说:他竟然结婚了!他明明跟自己说是单身,是第一次爱上一个女孩儿,为什么他的孩子都那么大了。别人是不是早就知道了,只有自己被蒙骗在鼓里。被欺骗之后的愤怒、伤心、怨怼全都乱哄哄的在她心里游走,猛烈的情绪几乎就要逃窜出来了,她只觉得天旋地转,整个世界都黑暗了。

石评梅怒斥吴天放:"你毁了我一生。"

原以为美好浪漫的爱情突然就露出最丑恶的一面来,甚至没

第四章　是诗是画是爱情，是梦是幻是疯魔

有一个缓冲让她稍微适应一下，她顿时对爱情死了心，下定决心这辈子绝不再恋爱、绝不结婚，要做"独身主义者"。

这时期的小诗《疲倦的青春》很能看出石评梅内心的波动和伤痛：

> 缠不清的过去，
>
> 猜不透的将来？
>
> 一颗心！
>
> 他怎样找到怡静的地方？

在极端的忧伤中，她给好友高君宇的信件中也难免带了些悲哀的情感色彩，在此之前，他们只谈论时事、谈论理想，这样的情况是从来没有过的。

高君宇也同是山西人，更为有缘的是，他曾是石评梅父亲的学生。

1896年，高君宇出生于山西省一个富商家庭，1916年，考入北京大学，在这里接受新思想的启蒙教育，也得到老师李大钊的诸多指导，与志同道合的师友共同研究马克思主义理论，力求寻找改造中国社会的方法和道路。五四运动时，高君宇作为北京大学的学生领导，是这一反帝爱国运动的主要骨干之一。

入骨相思知不知

那天,他同爱国学生们一起冲入卖国贼曹汝霖的住宅,痛打章宗祥并火烧赵家楼。1920年3月,在李大钊指导下,高君宇和邓中夏等学生一起秘密成立了我国最早研究、宣传马克思主义的团体——马克思学说研究会。1921年加入中国共产党。

这样的高君宇,优秀而先进,自从两人1920年在一次山西会馆的同乡会上相识,石评梅就一直把他当作自己的精神上的师长,两人一直都有书信上的联系。不过,仅仅是讨论理想而已,她对高君宇并没有别的感情。即便是在目前的情况下,也只有当她陷在绝对的苦闷之中难以自拔时,才会想要倾诉一二。

1923年4月,石评梅在给高君宇的信中诉说自己有"说不出的悲哀",并嘱高君宇"以后行踪随告,俾相研究",希望能够将生活的重心从失败的爱情中转移出来,将自己的精力投入到为人生为家国的大事中去。不久,她就收到了高君宇的回信,他一面担心好友"为何而起了悲哀",一面真诚地表示"视我责如能救济,恐我没有这大力量罢(吧)?我们常通信就是了。"

在认识了数年以后,高石两人的关系终于有了进一步的发展,他们的信中除了革命、理想之外,终于有个人的情感生活加入了。这一年中秋节,高君宇手书刘禹锡的《陋室铭》赠给石评梅,她将其贴在墙上以供时时观赏,高君宇对于石评梅而言,正是精神上的领路者,他潜移默化地进入她的生活、她的思想,只

第四章 是诗是画是爱情，是梦是幻是疯魔

是她自己尚未意识到而已。

无论是家世、品性，还是文学修养、人生选择，他们两个人从任何一个角度来看都是最合适的伴侣，是天造地设的一对。鸿雁传书更传情，在石评梅对高君宇暗生情愫的时候，高君宇早就已经陷入对她火热的爱里难以自拔了。

这年夏天，石评梅从北京女高师范毕业后，受聘于母校的附属中学，留在了北京。

这年秋天，在西山养病的高君宇终于忍不住要倾诉自己的爱了，他寄来了一片火红的枫叶，上面用毛笔写着："满山秋色关不住，一片红叶寄相思。"短短十四个字，就已经把自己火热的心呈现出来了。

可是这突如其来的求爱信却让石评梅陷入深深的矛盾和忧愁里，她的确对高君宇渐渐有了好感，然而上一段感情让她甚为受伤，她不能完全相信爱情，她立志要做独身主义者。最后，她将一枚红叶退还，这样回复自己的好友："枯萎的花篮不能承受这鲜红的叶儿。"表明自己的心早就枯萎了，自己的爱情也早就枯萎了。

不久，石评梅收到高君宇的复信："退回的红叶收到了。……所以我仅通信而不去看你，也害怕这种感情的流露。红叶题诗，那是久已在一个灵魂中孕育的产儿。但是，朋友，请不

入骨相思知不知

要为红叶而存心,要了解是双方的,我至今不能使你更了解我,是我的错,但也有客观不允许的理由,这只好请你原谅了……"

这小心翼翼地吐露更叫人见得高君宇的真心,他爱得真切,他害怕石评梅因此将自己阻挡在她的世界之外,所以不得不请求她原谅。

他们都知道,横亘在两人中间的最大的阻碍,乃是高君宇的婚姻。

对石评梅来说,高君宇和吴天放一样,都是有家庭的,虽然他没有隐瞒自己,也曾坦言这段包办婚姻里没有爱情,她却始终都无法说服自己。万一又被欺骗呢?她的心再也承受不了那样巨大的伤害了,还不如从一开始就不要爱情。

对高君宇来讲,他以已婚的身份去追求自己心中的佳人,本身就是一种不尊重,是对他爱情的亵渎。他抽空回家,与自己的妻子彻夜长谈,细细地把一切道理都讲给她听,叫她知晓她自己也有追求爱情的权利,不该为这无爱的婚姻牵累。最终,他们离婚,他自由了,他满心欢喜地奔向自己的梅花……

她再一次拒绝了他。这份尚在萌芽的爱情还没有强大到让她战胜自己的心魔,让她放弃过往勇敢地追求自己所爱。

又一次被拒绝的高君宇内心十分痛苦,他明明能够感受到来自石评梅的爱意,却不知道如何鼓励自己的女孩儿相信爱情,他

第四章 是诗是画是爱情，是梦是幻是疯魔

爱她，他愿意尊重她："你的所愿，我愿赴汤蹈火以求之；你的所不愿，我愿赴汤蹈火以阻之。不能这样，我怎能说是爱你！"

就这样他们以朋友的身份相处着，反正生命还很长，他有的是机会慢慢地感动她。

1924年，石评梅不小心感染了猩红热、高烧不醒缠绵病榻，这是一种传染性极强的流行病，高君宇却全然不在乎，他守在她身边送药送水，悉心照料。石评梅在他的陪伴在渡过了这个难关，心中的感激和谢意自然无须多言。或许，她也是以为自己有足够多的时间来慢慢接受，慢慢相爱的吧。

10月，高君宇作为孙中山的助手指挥镇压广州商团的叛乱，在一次意外事故中，他的汽车遭到恐怖分子枪击，索性大难不死，只有受伤的手的鲜血滴在满地玻璃碎片上。他如此近距离地与死亡擦肩而过，在危急关头更加清楚地看到了自己的内心，他知道从事这样一份工作虽然伟大却十分危险，他不怕牺牲，却害怕生命留有遗憾。

于是在一年石评梅的生日，他送上了自己精心挑选的象牙戒指，这是最坚定的告白了，希望这能给她送去爱的勇气。随信写道："我是有两个世界的，一个世界一切都是属于你的，我是连灵魂都永禁的俘虏；在另一个世界里，我是不属于你的，更不属于我自己，我只是历史使命的走卒！"爱情和理想，成了高君宇

215

的全世界,他把自己的心都交到了石评梅手中,却又有一丝丝害怕,害怕她还是不接受,他在附信中说:"愿你承受了它。或许你不忍,再令它如红叶一样的命运吧。我尊重你的意愿,只希望用象牙戒指的洁白坚固,纪念我们的冰雪友情吧……"

这枚象征着冰雪友情的象牙戒指,最终被石评梅戴在了手上,这或许是一种回应吧。

只可惜他没有机会再等到更多更直接的回应了。

1925年3月,高君宇因为急性盲肠炎住院,石评梅在看望时,依旧在请求他理解自己追求独身的夙愿,他回复:"珠,放心。我原谅你,至死我也能了解你,我不原谅时我不会这样缠绵地爱你了。但是,珠!一颗心的盼赐,不是病和死换来的……我现在不希望得到你的怜恤同情,我只让你知道世界上有我是最敬爱你的……"

一边是他越来越火热的不懈追求,一边是自己渐渐动摇的心,看着病重的他因为自己的到来而眼睛放出光芒来,她受到了深深的震动,似乎就要相信这爱情、投入他的怀抱了,她许下了自己的第一个诺言:"你若果真能静心养病,我们的问题,当在你病好时解决。"

她带着自己担忧和犹豫的心离去,却不想这竟是诀别,他终究没有等到"病好时解决"的这一天。3月5日,高君宇因手术后

第四章 是诗是画是爱情，是梦是幻是疯魔

大出血孤独地死去，年仅29岁。

石评梅惊闻此噩耗后，数次昏厥，她根本就不敢相信世上最爱自己的那个人已经走了，他居然等不到自己回应爱情的那一天了。直到死去，他都是孤独的，而这孤独，乃是自己的自私、怯弱和执拗造成的。她永远都不会原谅自己了。

石评梅的好友曾回忆："用她自己的话说，她既是封建礼教的反抗者，她又是世俗'人言可畏'面前的弱者。"

因为害怕尚未出现的种种变故，她生命中最珍贵的爱情，原本浓墨重彩的爱情，还没开始就结束了。

高君宇入殓时，石评梅将自己的照片作为陪葬。

她遵从高君宇的遗愿，将其安葬在陶然亭畔，那是他从事革命活动的地方，也是他们俩爱情开始的地方。

她在高君宇的墓碑上刻上了他生前的诗句：

> 我是宝剑，
>
> 我是火花，
>
> 我愿生如闪电之耀亮，
>
> 我愿死如彗星之迅忽。

这是他一生最好的写照，在理想面前，他是坚挺的革命之

剑；在爱情面前，他是永远炽热的火花。

如今，他将成为石评梅一生的遗恨和怀念了，正如她在他墓碑上所写的那样："君宇，我无力挽住你迅忽慧星（彗星）之生命，我只有把剩下的泪流到你坟头，直到我不能来看你的时候。"

她的《墓畔哀歌》成了两人爱情最后的绝响，刻骨的思念、真切的爱情此时再没有顾虑、没有犹豫了，她说：

"我爱，这一杯苦酒细细斟，邀我月与孤星和泪苦饮，不管黄昏，不论夜深，醉卧在你墓碑旁，任霜露侵凌吧！我再不醒……假如我的眼泪真凝成一粒一粒珍珠，到如今我已替你缀织成绕你玉颈的围巾。假如我的相思真化作一颗一颗红豆，到如今我已替你堆集永久勿忘的爱心。我愿意燃烧我的肉身化成灰烬，我愿放浪我的热情怒涛汹涌，让我再见见你的英魂。"

然而再也不可能见到了，她只能在香山的红叶里默默地怀念，只能在革命道路上独自前行了。

1928年9月，二十六岁的石评梅病逝于北京。她和高君宇病逝在同一医院的同一间病房，而且都是在凌晨离开了这个世界。

第四章　是诗是画是爱情，是梦是幻是疯魔

直到入殓，她的手上仍然戴着高君宇所赠的象牙戒指。此时这戒指所代表的已经不是冰雪一样纯粹的友谊了，而是比蒲草还要坚韧的爱情了。好友深知她情深义重，按照她"生前未能相依共处，愿死后得并葬荒丘"的遗愿，将其葬在了陶然亭畔，高君宇墓旁。

那是他们爱情开始的地方。

若是爱情能回到最初的时刻，她一定会勇敢地收下那枚红叶，勇敢地拥抱爱情吧。

毕竟，生命那样短暂，若是没有爱情，该是多么不幸。

郁达夫致王映霞：
这一次是我生命的冒险

这世界才子佳人的结合有的相濡以沫，白头偕老，有的却由情投意合的开始演变为你死我活的角逐。对于第二种结局，人们不禁扼腕叹息，曾经轰轰烈烈的爱情，耳鬓厮磨的亲昵，最终却反目成仇，劳燕分飞。

郁达夫和王映霞这对羡煞旁人的"富春江上神仙侣"，在纸醉金迷的上海陷入狂恋爱，在时局动荡的新加坡飘摇离散，这场孽缘也许一开始就注定悲剧，只是现实比想象中更快，也更惊动世人。

文人天生激情，当爱情来临之时，他们往往以燃烧的姿态去赴那场短暂却绚丽的盛宴，他们只安于此刻的美好，却从不去想激情退却后的结局。恋爱中的人总是希望"现世安稳，岁月静好"，但在激情冷却后才发现这些都是自己的痴想与奢望罢了。

郁达夫出生于浙江富阳一个普通家庭，青年时和许多爱国志士一样热心社会运动。1912年，他因参与学潮运动被校方开除。

第四章　是诗是画是爱情，是梦是幻是疯魔

第二年，他便在亲人的帮助下踏上日本留学的道路。正是在日本接触到新的思想和环境，郁达夫才能够更加客观且带有预见性地审视中国落后的习俗与礼节，才有经验和能力在日后写出不朽名篇——《沉沦》。

同样，郁达夫也在现实中看着自己一步步沉沦在爱情的漩涡里面无法自拔，当岁月残忍地消磨去曾经的激情，当生命的长度突然截止到四十九岁，回首往日走过的岁月，他这一世都在一个又一个不明方向的漩涡中沉沦。

尽管是一个接受过文明礼仪的绅士，仍然避免不了中国旧式婚姻制度的戕害，1917年他从日本返回家乡与同乡女子孙荃订婚。郁达夫是幸运的，孙荃并不是不通文墨的乡野妇女，郁达夫曾形容她"荆钗裙布，貌颇不扬，然吐属风流，亦有可取之处"，从中可以看出郁达夫对孙荃还是有一些感情的。

从婚后郁达夫的一些作品也可窥到一些喜悦之情：梦来啼笑醒来羞，红似相思绿似愁。中酒情怀春作恶，落花庭院月如钩。

或许，没有以后的遇见，像孙荃这样一个通识诗书的才女是可以和郁达夫相守到老的，她并不是他的挚爱，但是没有烈火一样的感情，在细水长流的滋润下缓缓流到生命的尽头也未尝不是一件幸事。无奈命运弄人，一旦遇到斯人，此前种种皆为过眼云烟。

1927年，郁达夫的缪斯女神出现在他的生命中，这个女子也为郁达夫以后的生活里带来了数不尽的悲欢离合。

1927年1月14日，寓居上海的浪漫派大师郁达夫偶遇了自己在日留学时的好友孙百刚，得知其居住在法租界尚贤坊后约定改日登门拜访。

14日一早，他便欣然前往好友家。一路上寒风凛冽，但他并不觉得冷，身上穿了远在北平的老婆孙荃寄来的皮袍子。还未进门，他就"百刚！百刚！"地喊，一进门他便见到了老同学和孙夫人，还有一位年轻漂亮的小姐。

孙百刚介绍道："这位是王映霞王小姐，是杭州学者王二南先生的外孙女。我们从温州一起逃难到上海来的。"在看到王映霞的一刹那，郁达夫枯死的心脏再一次复活了。

那天，王映霞穿了一件织锦旗袍，曲线玲珑，一双大眼睛似笑非笑地看着他，一张略大而带有妩媚曲线的嘴唇，更给人以轻松愉快的印象。面对这样一位青春年华的妙龄少女，风尘仆仆的郁达夫竟有些不好意思。

面对着这样一位女子，郁达夫的一池春水搅乱了。初次见面，郁达夫那文人专属的冲动与激情就一波波袭来，竟对王映霞说："我觉得从前在什么地方见过王小姐，好生眼熟。"

王映霞未接腔，孙太太打圆场："也许是在杭州什么地方碰

第四章　是诗是画是爱情，是梦是幻是疯魔

到过吧。"聊了聊才知道，王映霞曾就读于杭州女子师范学校，是出名的校花，还被评选为"杭州第一美女"。

王女士也是一个接受过新式思想的人，刚开始她并不知此人是谁，后来在好友孙百刚的介绍下才得知此人竟是文坛上声誉颇高的郁达夫。她自己也喜欢看郁达夫的作品，痴迷于他的成名作《沉沦》，面对自己的偶像，积蓄太久的感想不知从何说起，二人很快便熟络地交谈起来。

首次见面相谈甚欢，王映霞在当天的日记中这样写道："他身材并不高大，乍一看有一些潇洒的风度。一件灰色布面的羊皮袍子，衬上了一双白丝袜子和黑直贡呢鞋子。从留得较长而略向后倒的头发看上去，大约总也因过分的忙碌而好久未剪了，他前额开阔，配上一副小眼镜，颧骨以下，显得格外瘦削。"

当日回到家中，郁达夫也在日记中写道："我的心被映霞搅乱了，南风大，天气却温和，月明风暖，我真想煞了映霞，不知她是否也在想我，此事当竭力进行，求得和她做一个永久的朋友。"在梦中，王映霞依然美若天仙，这使郁达夫有了勇气，想迫不及待地抓住这次机会。第二天，郁达夫便前往孙家邀请王映霞外出游玩，从天韵楼到豫丰泰酒馆，二人吃吃喝喝，谈笑风生，一点也不冷场。

后来，郁达夫几乎天天往孙家跑，起初还为约会制造理由，

后来实在无话可说，索性就站在门口高声朗吟道："出门无知友，动即到君家。"

又过了一个星期，适逢王映霞的生日，郁达夫特意到当地有名的王宝和定了一桌酒席，邀请孙家夫妇一道为王映霞过生日。王映霞不禁心花怒放，席间与郁达夫频频举杯碰酒，暗送秋波。孙百刚夫妇很快发现了郁达夫的醉翁之意。郁达夫也毫不避讳，对好友说明了自己对王映霞的爱意，可他们却不赞成他的这份感情。

虽然郁达夫在文学上是难得的天才，在生活中却过得不尽如人意，作为一个已经有妻室的男人，不仅不去勇敢地承担责任，反而移情别恋，这是不可取的。同样王映霞，一个如清水芙蓉的女子，又怎能承受破坏别人家庭"第三者"恶名。

局外人很快看到这场感情的不现实性，但是郁达夫全然不顾孙百刚的好言相劝，依然对王映霞穷追不舍并放出话来："让事实来证明一切吧！这一次是我生命的冒险，同时也是我生命的升华！"

在孙百刚的干涉下，王映霞只好回到杭州老家，与郁达夫断了联系。这期间，郁达夫也有些自责，每当想到远在北平的妻子孙荃心中也很不是滋味，在日记中，他这样写道："心里只在想法子，如何报答我的女人，我可爱又可怜的女奴隶。"

第四章　是诗是画是爱情，是梦是幻是疯魔

然而，诗人的理智终究敌不过激情，郁达夫竟跑去杭州找她，在雪中一站便是两个钟头。王映霞强硬而冷酷的回避给了郁达夫沉重的打击，他开始了一段酗酒的颓废生活。局外人冷眼观看，似乎这盘棋子陷入死局之中。

1月28日郁达夫给王映霞的一封信使她触动很大。其中有一句话这样写道："人生只有一次婚姻，结婚与爱情，有微妙的关系，你但须想想当你结婚年余之后，就不得不日日作家庭主妇，或抱了小孩，袒胸哺乳等情形，我想你必能决定你现在所走的路。你情愿作一个家庭的奴隶吗？你还是情愿做一个自由的女王？你的生活，尽可以独立，你的自由，绝不可以就这样轻轻地抛弃。"

这是一封充满煽动力的情书，更是一份勇敢爱的宣言，更是郁达夫作品《伤逝》中，子君听信了涓生"我是我自己的"言论，才决定抛弃一切和涓生走到一起的现实写照。

2月9日，郁达夫给王映霞写了一封更直白的信，轰轰烈烈的爱情宣言让王映霞无处可躲："不消说这一次我见到了你，是很热烈的爱你的。正因为我很热烈的爱你，所以一时一刻都不愿意离开你。又因为我很热烈的爱你，所以我可以丢生命，丢家庭，丢名誉，以及一切社会上的地位和金钱。所以由我来讲，现在我最重视的，是热烈的爱，是盲目的爱，是可以牺牲一切，朝不能

待夕的爱。"

郁达夫的文字,在这一时期显得颇具魅力光彩。最终,王映霞被感动了。在短暂的回避之后,他们终于不顾一切地走在了一起,过年之后,王映霞重返上海。

已婚男人仅存的理智瞬间土崩瓦解,两人的好感在短暂的分离后更加汹涌澎湃。他们约好去霞飞路逛街,没走几步却逛到江南大饭店开了一间房,仿佛急于单独相处。随后二人又转往四马路喝酒,接着又去快活林吃西餐,一直到晚上再回到酒店。

虽然二人在后来均否认有"越轨行为",但他们的感情已进入白热化。在王映霞哭哭啼啼地催促下,爱昏了头的郁达夫放下了对结发妻子仅存的顾怜,于1927年彻底抛弃妻子。

1928年春天,文学才子郁达夫和"杭州第一美人"王映霞在西子湖畔举行了婚礼,新房设在金刚寺的王家,著名诗人柳亚子以"富春江上神仙侣"来形容二人婚后的甜蜜之况。

婚后的郁达夫身体较弱,还有轻微的肺病现象。为了照顾郁达夫,王映霞每日用鸡汤、甲鱼、老鸭帮他调理。虽然王映霞年轻轻的,却将郁达夫的生活照管得极为细致,郁达夫的版税及稿费收入,也管理得井然有序。

可渐渐地,二人的生活起了摩擦。首先是郁达夫的才子习气,"头发不梳、胡髭不刮、衣服不换、皮鞋不擦",每次都要

第四章　是诗是画是爱情，是梦是幻是疯魔

王映霞催促到剑拔弩张的地步郁达夫才去打理。其次是郁达夫好酒，常常喝得烂醉如泥，醉卧马路。

王映霞也多次劝他少喝一点，但郁达夫却耍起了小孩脾气。有一年，郁达夫因为喝酒问题和王映霞大闹，一气之下还离家出走，独自喝得酩酊大醉，睡在黄浦江码头上，身上的钱财全被小偷摸走。望着这样的丈夫，王映霞开始怀疑自己当初的选择，开始思考为了这样一个任性的男人，耗费青春究竟值不值得。

他们之间感情的破口被现实一点点撕扯变大，1936年1月15日，郁达夫受邀去福建教书。于是，王映霞与浙江省教育厅长许绍棣发生了暧昧的关系。好事不出门恶事行千里，妻子出轨的消息很快便传到了郁达夫的耳中。起初他还不愿相信，直到王映霞和许绍棣之间的情书传到他手上时，他才当着好朋友大喊大叫："万万想不到她会这样不要脸！"

最后郁达夫找到了妻子，让她在自己和许绍棣之间做出选择。然而，许绍棣却在关键时候退缩了，王映霞只好选择郁达夫，跟他去南洋。经过朋友的努力撮合，王映霞和郁达夫算是勉强复合，但彼此心中留下的伤口还未等痊愈，又迎来致命一击。

1939年，郁达夫将妻子"背负偷情"的种种事态公开发表在《大风旬刊》上，王映霞也立即写给郁达夫一封长信，信中写道："为了孩子，为了十二年前的诺言，为了不愿使你声名狼

入骨相思知不知

藉,才勉强维持这个家的残局,把你的一切丑行都淹没下去,然而你却是一个欺善怕恶、得寸进尺的人,在忍无可忍的状况下,只好把你那颗蒙了人皮的兽心揭穿了。"至此二人关系完全破裂,王映霞开始和郁达夫分居。

1940年3月,王映霞和郁达夫的婚姻走到了尽头,这对曾经被艳羡的神仙侣最终劳燕分飞。真所谓大堤杨柳记依依,此去离多会自希。秋雨茂陵人独宿,凯风荆野雉双飞。

离婚后的王映霞已三十四岁,她把自己最美好的年华都给了郁达夫,如今又带着一身伤痕回国。好在用力打扮一下,竟也还是美的,很快她又在交际场上左右逢源。她像是回到一个自由的王国,重新做回自己的主人。

远在南洋的郁达夫还是想念她的,后悔过,心痛过,还给她写过信:"愁听灯前儿辈语,阿娘真个几时归。"

但这次,阿娘是铁定不会回头了。在情人戴笠死后,王映霞选择开始一段新的婚姻,安于自己的丈夫,并为他生下一男一女,一家人在芜湖过着朴实无华的生活。这样安定的生活于王映霞来说,直到最后都是满意的,王映霞晚年回忆称:"如果没有前一个他(郁达夫),也许没有人知道我的名字,没有人会对我的生活感兴趣;如果没有后一个他(钟贤道),我的后半生也许仍漂泊不定。历史长河的流逝,淌平了我心头的爱和恨,留下的

第四章　是诗是画是爱情，是梦是幻是疯魔

只是深深的怀念。"

与王映霞分开后的郁达夫却在南洋与日本侵略军展开生与死的搏斗，他一方面担任着令人唾弃的日军翻译职务，一方面又利用职务之便，暗中救助、保护了大量文化界流亡难友、爱国侨领和当地居民。

1945年，郁达夫在真实身份被日军识破后惨遭杀害，享年四十九岁。

不知王映霞得知郁达夫的死讯会有何感想，毕竟曾经深深爱过，只能轻轻地寂寞空庭春欲晚，无奈梨花满地不解情！

后记
Afterword

每次写作的过程都是一次自我的修行。写别人的故事尤其如此，要在纷杂的资料中找到自己需要的素材，理出一场爱情的脉络，从来都不是简单的事情。

从鲁迅与许广平的《两地书》到徐志摩写给陆小曼的《爱眉札记》、沈从文与张兆和的《从文家书》、朱湘的《海外寄霓君》的四大情书，以及那些纷繁错杂并未整理成集子的书信，这段时间内简直被淹没在情书的海洋里。书信和日记，才是一段爱情最真实的记录，才最能还原出故事的完整面貌。此外他人的评传，不过和我一样，都是观众的感悟罢了。

每一段爱情都会给人带来截然不同的感受，看到杨骚离去时留下的诸如睡遍一百个女人再回来的狂言，总是叫人心中愤懑难平，不解白薇为何自虐一般爱着他；看到陆小曼在《哭摩》里声嘶力竭的呼唤，也实在不能理解为何之前她不肯稍稍迁就。这些直观的阅读感受都成了写作时的情绪脉络，隐藏在字里行间，说

后记 AFTERWORD

不定就成了我与你的共鸣。

如今回看,这些姹紫嫣红的爱情左不过分为两种,诗人的热情爆发带来的一场疯狂爱情,或者是简单的柴米油盐的日常相处,一种热烈如火,一种平淡如水。最幸福的模式不过是在疯狂地相爱之后,在慢慢相处中转化成饮食男女的普通生活。

但是这毕竟是少数,因而竟像是奢求。

在动乱的年代里选择做先进、有良知的文人的理想是最危险的存在。政治倾轧、饥寒疾病、颠沛流离都可能让爱情在最灿烂的时候戛然而止,都可能让生离变成死别,从而爱情就永远定格在那里,来不及发展为亲情,来不及归于平淡。有的时候,甚至就是自身的疯狂毁灭了爱情。

但是他们的爱情,是他们自己的爱情。因为心中涌动着的爱让两个人靠近、相恋、相守,爱便是爱了,从来都不是为了感动别人而存在的,也就不需要观众的理解了。若是能够在这爱情故事里悟出一些,比如勇敢、忠诚、奉献……也只能说是读者与这段故事的缘分了。

彼时,山水很远、车马很慢,书信就成了两个相爱的人之间缠绕的红线;此刻,山水遥遥、车马却快,科技的飞速发展让人即便分散在天涯也能即时传递声音和画面,彼此之间的距离好像近了,却又确凿变远了。

入骨相思知不知

一场遇见,便是一生姻缘。一次携手,便是一世纠缠。他们遇上爱情,便成了传奇。

岁月如花,却赐予爱情不会凋零的芳华。愿有岁月可回首,且以深情共白头。

毕竟,那些刻骨的相思、炽热的告白也曾是爱情最好的伴侣。隔着一点距离写出的情书,因为直面内心反而更真实、更动人,当我们无须经历等待的忐忑,也就自然体会不出等待之后得偿所愿的巨大惊喜了。

不如,停下来写封情书吧,哪怕是摘录一句给心爱的他/她,也是极好的了。